Egbert Scheunemann

Trilogie des Scheiterns

Drei Erzählungen,
Kurzgeschichten, was auch immer

Bibliografische Information der Deutschen Nationalbibliothek
Die Deutsche Nationalbibliothek verzeichnet diese Publikation in der
Deutschen Nationalbibliografie; detaillierte bibliografische Daten sind
im Internet über http://dnb.d-nb.de abrufbar.

Bildnachweis
Cover-Foto: © Egbert Scheunemann

3., hier und da formal korrigierte Auflage 2015

IMPRESSUM

© Egbert Scheunemann – www.egbert-scheunemann.de
Herstellung und Verlag: BoB - Books on Demand,
Norderstedt
ISBN 9783734746659

Inhalt

Prolog	4
Die Frage	5
Die Bitte	27
Luxus & Stoff	39

Prolog

Als ich die ersten Reaktionen und Kritiken zu meinem Roman „Die Entdeckung der Hölle" las, war ich etwas verwundert. Viele Leserinnen und Leser bezogen sich – kritisch oder lobend – an erster Stelle nicht etwa auf die Story, den Inhalt, oder den Schreibstil, die Form, sondern ihr Interesse galt primär der Frage, wer sich hinter den im Roman spielenden Personen verbirgt. Das ging so weit, dass ich mich bemüßigt fühlte, ein erläuterndes Vorwort zur 2. Auflage meines Romans zumindest online zu stellen.[1]

Nun, damit mir und Ihnen, liebe Leserinnen und Leser, so etwas nicht noch mal passiert, sei hier offenbart: Auch die beiden Kurzgeschichten „Die Frage" und „Die Bitte" beruhen in hohem Maße auf realen Erlebnissen und sie spielen in einem sozialen und städtischen Umfeld, in dem ich selbst lebe – ich schreibe nämlich gerne über Dinge, die mir nicht so ganz fremd sind. Ob diese Erlebnisse *eigene* Erlebnisse sind oder die von engen Freunden, die sie mir sehr detailliert erzählten – nun, das wissen nur meine engsten Freundinnen und Freunde und ich selbst. Und dabei soll es bleiben. Für immer.

Auch die Elemente, aus denen ich die Groteske „Luxus & Stoff" konstruiert habe, entsprechen vollständig oder in hohem Maße der Realität. Freilich ist die Gesamtkonstruktion ein Gedankenexperiment, das bislang nur in literarischer Form realisiert wurde. Zum Glück.

Hamburg, im Juli 2015   Egbert Scheunemann

---

[1] www.egbert-scheunemann.de/Vorwort-Die-Entdeckung-der-Hoelle-Roman-Scheunemann-Version-2.pdf

Die Frage

Als er aus dem Haus trat, stand die kalte Luft wie Blei in der Straße. Seit Tagen hielt der strenge Frost an. Die Sonne war schon vor einer guten Stunde aufgegangen, aber sie drang kaum durch den dichten Hochnebel. Ihr Licht war fahl, graublau. In der Luft schwebten Myriaden winziger Einkristalle, gefrorener Nebel. Die Stoppeln seines Fünftagebartes waren schnell davon umhüllt. Er atmete flach. Ein kräftiger Atemzug hatte in seiner Lunge wie tausend kleine Nadelstiche gewirkt. Drall eingepackt in mehrere Lagen Winterkleidung, eine dicke Wollmütze auf dem Kopf, stapfte er in festem Schuhwerk behäbig die Straße herunter. Sein Gang erschien ihm unförmig, wie der eines Roboters mit Gelenken ohne viel Spielraum. Der Raureif lag in den Vorgärten, auf dem Bürgersteig, der Straße, den geparkten Autos, den tief geneigten kahlen Ästen der Bäume. Er knirschte leise unter jedem seiner Schritte, deutlich zu hören in der Stille des frühen Sonntagmorgens, die über der Stadt lag. Die sich im Eisnebel verlierenden Straßen waren fast menschenleer, kaum ein Auto fuhr. Hier und da war das Krächzen eines Raben, der verlorene Schrei einer Möve, der knarzige Schnatterlaut einer Elster zu hören.

Er fror nicht direkt, eher fröstelte ihn. Die ganze Szenerie ließ ihn frösteln – und auch das, was er schemenhaft erahnte. Er wusste nicht, was auf ihn zukommen würde. Aber er hatte kein gutes Gefühl. Sarah hatte merkwürdig geheimnisvoll geklungen, als sie ihn zum Frühstück einlud. Sie hatten sich schon oft frühmorgens in seinem Viertel beim Portugiesen getroffen. Gleich nach Sarahs Nachtdienst. Ein gemeinsames Frühstück war Sarahs Feierabendritual, ihr Abendbrot gleichsam, bevor sie zu Bett ging, um zumindest bis Mittag ein paar Stunden Schlaf abzubekommen.

David freute sich jedes Mal auf ein solches Treffen mit Sarah. Er liebte sie und sie ihn, wie sie David in den vielen Jahren, seitdem sie sich kannten, nicht nur ein Mal authentisch beteuert hatte. Aber sie hatten nie zueinandergefunden. Entweder steckte sie noch in einer halben Beziehung oder er oder beide. Und wenn, was nicht selten vorkam, beide solo waren, wagte keiner, den ersten Schritt zu tun, vielleicht aus Angst, zurückgewiesen zu werden. Vielleicht aus Angst, die Unabhängigkeit, die beide sehr schätzten, zu verlieren. Warum auch immer.

Wahrscheinlich waren ihre Lebensentwürfe auch zu unterschiedlich. Alle seine Beziehungen waren letztlich gescheitert an der immer selben Ursache – seiner Arbeitswut, wie seine Partnerinnen und alle sagten, die ihn gut kannten. An seiner Lebenswut, wie er selbst sagte. Zeittotschlagen oder sinnloser Zeitvertreib nach Feierabend oder am Wochenende hatten nur selten Platz in seinem Leben. Eigentlich gab es keinen Feierabend und keine Wochenenden in seinem Leben. Nach dem Buch war vor dem Buch. Lesend, schreibend. Wie auch immer. Und wenn er Freizeitaktivitäten, aufgrund irgendwelcher sozialen oder familiären Verpflichtungen, gelegentlich doch absolvieren musste, litt er. Nur mit guten Freunden zusammenzusitzen, Bier zu trinken und zu diskutieren, bis der Kopf qualmte, oder Unsinn zu reden, bis das Zwerchfell vor Lachen vibrierte, das mochte er.

Und die Frühstücke mit Sarah mochte er. Die morgendlichen Treffen mit ihr waren David auch eine willkommene Gelegenheit, seinen völlig verkorksten Tagnachtrhythmus wieder ins Lot zu bringen, zumindest zeitweise. Ob er, wie üblich, nur vier, fünf Stunden schlafen würde oder vor einem Frühstück mit Sarah zwei, drei – darauf kam es nicht mehr an. Er war übernächtigt wie immer. Auch das ließ ihn frösteln.

*

David bog rechts in die Lippmannstraße ein und überquerte sie gleich. Ein paar Meter weiter stand ein Mann, rauchte eine Zigarette und hielt einen kleinen Hund an der Leine, irgendeine Art Terrier. Das Tier stand regungslos und wie festgefroren. Es fixierte irgendetwas auf der gegenüberliegenden Straßenseite. David konnte aber außer der Häuserfront, parkenden Autos und ein paar Straßenbäumen nichts entdecken, was den Hund so in seinen Bann zog. Er bellte nicht, er zitterte nicht, auch sein Schwanz wedelte nicht. Ein Hund wie eine Statue. David ging an den beiden vorbei und grüßte knapp. Der Mann grüßte kurz zurück. Der Hund stand starr und unerschütterlich und gab keinen Ton von sich. Nach drei, vier Metern hielt David inne, wandte sich um und fragte den Mann, ob denn irgendwo dort drüben gleich ein feister Knochen oder eine fulminante dicke, fette Wurst erscheine. Der Mann zog an seiner Zigarette, schmunzelte und räusperte sich. Nein, seine Frau erscheine gleich.

David hüstelte vernehmlich, drehte ab und ging seiner Wege.

*

In Gedanken versunken war David zu spät abgebogen. Er hätte gleich nach der Bahnbrücke links in die Eifflerstraße gehen müssen und wäre dann unten am Schulterblatt, wie die Hauptstraße seines Viertels hieß, direkt auf das portugiesische Café zugelaufen. Nun trottete er die nächste Parallelstraße, die Juliusstraße hinunter.

Unten an der Ecke zum Schulterblatt hielt er kurz inne. Er musste an eine Geschichte denken, die er genau hier im Sommer erlebt hatte. Auch jetzt, da er an sie dachte, berührte sie ihn wieder. David war spätabends als letzter Gast aus dem „Café unter den Linden" gekommen. Eigentlich wollte er gleich nach Hause. Der direkte Weg wäre die Lippmannstraße hinunter gewesen. Aber er entschied sich doch für den kleinen Umweg über das Schulterblatt.

Viele soziale Kontakte hatte er an jenem sommerlichen Tag noch nicht gehabt. Das „Unter den Linden" war schon fast leer, als er eine gute Stunde vor Mitternacht dort eingekehrt war. Und nach einer knappen halben Stunde war er sogar der einzige Gast. Nicht, dass er unbedingt mit jemandem reden wollte. Das reichte ihm zwei Mal die Woche – und wenn's ging nur kurz. Aber zumindest ein paar Leute zu sehen, etwas stumme Geselligkeit, etwas Leben erleben, zumindest ein Mal am Tag, das brauchte er dann doch, alter Single, Heimarbeiter und eigenbrötlerischer Schreibtischtäter, der er war.

Als er auf seinem kleinen Umweg an der Ecke Juliusstraße-Schulterblatt vorbeikam, nahm er im Parterre des dort stehenden Hauses erstmals einen Pizza-Imbiss wahr, der dort am selben Tag eröffnet hatte. Der auf alt getrimmte Neubau an der Stelle, an der eine Fliegerbombe im Zweiten Weltkrieg die eine Hälfte eines alten vierstöckigen Hauses bis auf das Parterre zerstört hatte, war gerade fertiggestellt worden. Der Macher des Pizza-Imbisses hatte vor der Errichtung des Neubaus an dieser Stelle einen klassischen türkischen Imbiss betrieben. David war dort recht oft. Man kannte sich, vom Sehen zumindest, man grüßte sich. Aber das war es auch. Wie der immer freundliche Mann hinterm Tresen hieß, der David schon so oft bedient hatte über lange Jahre hinweg, das wusste er nicht.

Zur Eröffnung gab es im Imbiss ein Stück Pizza und ein Getränk zum Sonderpreis. David hatte aber keinen Hunger. Er stand nur an der Ecke und ließ das pulsierende Leben auf sich wirken. Der Laden war brechend voll. Auch davor, es war noch recht warm in dieser Sommernacht, stand ein großer Pulk meist junger Menschen. David wollte gerade weitergehen, als er den Macher des Imbisses durch eine zufällig freigewordene Sichtschneise heftig winken sah. In seine Richtung. David guckte erstaunt. Er wendete sich kurz, um zu sehen, ob er wirklich gemeint sei. Der freundliche Mann hinterm Tresen nickte mehrfach und winkte David umso heftiger hinein. David folgte. Er wurde von dem Mann mit herzlichem Handschlag begrüßt. Ob er ihn zu einem Stück Pizza und einem Bier einladen dürfe! David konnte unmöglich ablehnen. Er bekam sein Stück Pizza und sein Bier. David dankte freundlich und wünschte dem Mann alles Gute mit seinem neuen Imbiss. Der Mann dankte ebenso freundlich, drückte David noch mal die Hand und drehte ab. Neue Gäste warteten.

David lehnte sich draußen mit dem Rücken gegen einen Stromkasten und aß sein Stück Pizza. Sie schmeckte ausnehmend gut. Er trank sein Bier und beobachtete die vielen jungen Menschen, die in den Imbiss einkehrten oder aus ihm herauskamen.

David lebte seit fast fünfundzwanzig Jahren in diesem Viertel. Sein grundlegendes Lebensgefühl war schon immer, nirgendwo wirklich dazuzugehören. Es war im klar, woran das lag. An seiner schweren Kindheit und Jugend in einer sich selbst zerstörenden Familie – über Jahre durchs ganze Land gejagt infolge der Wirren der Nachkriegszeit. Aber auch an seinem überzeugten Kosmopolitismus, seiner tiefen Verachtung gegenüber allem Nationalen und Völkischen, allem Wir, dem immer ein Ihr gegenübersteht.

Die kleine freundliche Geste des eigentlich fremden Mannes hinterm Tresen hatte David eigentümlich berührt. Ihm wurde unverhofft warm ums Herz. Er stand draußen mit seinem Bier in der Hand und fühlte, seit seiner frühen Kindheit und den vergangenen Zeiten enger Jugendfreundschaften wohl das erste Mal in seinem Leben, so etwas wie Dazugehörigkeit. Das war sein Viertel. Hier wohnte er. Hier lebte er. Hier gehörte er hin.

*

Als David das portugiesische Café betrat, sah er, trotz seiner sofort beschlagenden Brille, Sarah gleich hinten links sitzen. Sie winkte ihm zu. David zwängte seinen mächtigen Körper durch die engen Gässchen der dicht beieinanderstehenden Tische und Stühle, über die viele Gäste ihre Wintergarderobe geworfen hatten, was das Durchkommen noch erschwerte. Das Café war fast bis auf den letzten Platz gefüllt mit Taxifahrern, die eine Pause machten, Nachtschwärmern oder Gastronomiebediensteten aus den umliegenden Kneipen und Clubs, die hier, wie Sarah nach ihrem Nachtdienst, ihren Feierabend verbrachten – frühmorgens am Sonntag.

David lehnte sich kurz zu Sarah herunter, gab ihr einen Kuss und fragte scheinheilig, noch bevor er auch nur ein Grußwort geäußert hätte, ob er ihr in diesem Winter schon gesagt habe, dass er die kalte Jahreszeit vor allem deswegen so hasse, weil man sich täglich mehrfach zeitaufwendig ein- und auspacken müsse und schon ganz verschwitzt sei, bevor man auch nur die Wohnungstür hinter sich zugezogen habe. Auf ein Durchschnittsleben hochgerechnet koste das Zeit in der Größenordnung mindestens zweier Semester Philosophie.

Ja, das habe er ihr gegenüber mindestens schon drei Mal gesagt in diesem Winter. Und das mit dem Schwitzen könne – Sarah warf einen gespielt beiläufigen Blick auf Davids mächtigen Bauch – auch andere Ursachen haben.

David bedankte sich für diesen neckischen Hinweis auf seine Leibesfülle, zog mühsam seinen dicken weinroten Mantel aus und die dunkelblaue Wollmütze vom Kopf. Sein dichtes schwarzes Haar fiel wellig auf seine Schultern. Er strich es sich mit einer für ihn typischen Handbewegung aus der Stirn und über den nach hinten geworfenen Kopf – als wolle er alles Unwichtige beiseiteschieben, um sich auf das nun anstehende Bedeutsame zu konzentrieren. Er setzte sich an den kleinen runden Marmortisch schräg neben Sarah, griff eine Serviette, putzte kurz seine dicke gelbe Hornbrille, setzte sie wieder auf, sah Sarah freudestrahlend an und umarmte sie, sein Herzblatt, wie er sie oft nannte, ein zweites Mal – nun mit allen nur erdenklichen Begrüßungsformeln und Artigkeitsfloskeln. Den Kasper konnte er sehr gut geben, wenn er wollte. Und bei Sarah wollte er oft. Er liebte es, wenn sie lachte – nicht nur über sein etwas farbenfrohes Outfit, das Sarah unter Hinweis darauf, dass er dringend eine Frau benötige, die ihn diesbezüglich berate, ja neu einkleide, schon so oft gallig mokiert hatte. Wenn Sarah lachte, war sie noch schöner als sonst.

Sarah sah auch heute blendend aus. Gerade ihre Übernächtigung stand ihr, wie David meinte und ihr auch schon mehrfach gesagt hatte, ungemein gut. Ihre fast schwarzen Augen wurden dann von leichten Rändern umspielt, kaum merklichen hingehauchten Schatten. Der zarte helle Teint ihres eher schmalen Gesichtes, eingerahmt von ihren glatten halblangen naturschwarzen Haaren, wirkte leicht anämisch, ihr Gesichtsausdruck nicht etwa müde, sondern eher entrückt. Und ungemein sinnlich.

David sah sich kurz an Sarah satt und fragte gleich zu Beginn, was es denn Besonderes gäbe. Sie habe etwas geheimnisvoll geklungen am Telefon. Er habe sich fast Sorgen gemacht.

Die Bedienung kam. David bestellte ein großes Frühstück für zwei Personen. Sarah unterließ es, darauf hinzuweisen, dass sie keinen großen Hunger hatte, denn sie wusste, dass David Hunger hatte. Er hatte immer Hunger.

David sah Sarah fragend an. Sie senkte kurz den Blick, fixierte David dann sehr ernst und nachdenklich, drehte sich kurz nach links und rechts, um zu sehen, ob denn jemand in Hörweite saß, und begann leise zu erzählen. Sie wolle es kurz machen. Und Sarah machte es kurz. Ein Mädchen in der Gruppe, die sie mit betreue, sei von Abschiebung bedroht. Die Beamten seien schon einmal im Heim und einmal in der Schule gewesen, um Adwoa, so heiße sie, abzuholen. Alle im Heim und in der Schule seien auf Adwoas Seite und würden sie verstecken oder verleugnen. Das würde aber irgendwann schiefgehen. Deswegen wollten alle Beteiligten so schnell wie möglich einen Mann finden, der Adwoa heirate. Dann könne sie bleiben. Sie sei zwar erst sechzehn Jahre alt, aber ihr Amtsvormund würde mitspielen. Und die Zustimmung zur Hochzeit von ihrem Stammesoberen, das sogenannte Affidavit, sei schon beantragt und auf dem Weg. Adwoa komme nämlich aus Ghana. Sie sei erst drei Jahre alt gewesen, als sie mit ihrer Mutter und ihrem Vater nach Deutschland kam. Ihr leiblicher Vater sei bald gestorben. Und mit dem Stiefvater, den Adwoas Mutter ein paar Jahre später geheiratet habe, sei es nicht gut gelaufen. Als Adwoa langsam eine junge Frau wurde, seien zu Hause schlimme Dinge passiert. Sie sei weggerannt, habe sich einer Lehrerin anvertraut und sei so schließlich in die Jugendgruppe gekommen. Jetzt falle sie dem Staat zur Last. Und der wolle sie jetzt loswerden.

Die Bedienung brachte das Frühstück. David hatte spontan keinen Hunger mehr. Er wusste nicht recht, warum konkret – aufgrund der schlimmen Geschichte, die er eben gehört hatte, oder weil er ahnte, welche Frage Sarah ihm gleich stellen würde.

Und Sarah stellte sie. Sie habe in den letzten Tagen allen unverheirateten Männern aus ihrem Freundes- und Bekanntenkreis die Frage gestellt, ob sie sich vorstellen könnten, Adwoa pro forma zu heiraten. Und nun stelle sie diese Frage auch ihm. Dabei fügte Sarah sofort hinzu, dass David natürlich nicht sofort antworten müsse. Eine solche Sache müsse wohldurchdacht werden, eine solche Entscheidung wohlbedacht sein.

David schob seine Tasse von sich. Ruckartig, sie war zum Glück leer. Ihm trat Schweiß auf die Stirn. Seine bis eben roten Wangen waren plötzlich ganz blass. Sarah legte ihre linke Hand auf seine rechte.

Tausend Gedanken schossen David durch den Kopf. Vor allem düstere. Wie es seine Art war. Jetzt half es auch nicht mehr, den Kasper zu spielen. David sah sich urplötzlich vor die Frage gestellt, den Gutmenschen zu geben – oder den Feigling, den Versager, den Gleichgültigen. Jetzt musste er Farbe bekennen, politisch und menschlich korrekt sein. Oder nicht. Jetzt galt es, nicht nur von Humanismus und Aufklärung zu schwadronieren – wie in so vielen seiner Schriften. Jetzt sollte er beim Wort genommen werden. David fühlte sich wie jemand, der um die Ecke geht und einen Menschen regungslos am Boden liegen sieht – wie so oft in seinem Viertel Betrunkene oder Drogensüchtige. Sollte er vorbeigehen? Sollte er helfen? Sollte er darauf hoffen, dass andere helfen?

Sarah spürte, wie es David ging. Sie sah es. Man sah es. Sie versuchte, David durch den Hinweis zu beruhigen, dass er, wenn alles gut ginge, eigentlich nur eine Unterschrift leisten müsse beim Standesamt. Um den Rest, die ganzen Behördenformalitäten, würde sie sich kümmern in ihrer Eigenschaft als offizielle Betreuerin, die sie bis zur Heirat auch erst mal bleibe. Und wenn irgendetwas schiefgehe, sei sie selbstverständlich mit in der Verantwortung. Adwoa sei dann einfach ihr gemeinsames Kind. Eine Anwältin, die Adwoa und andere von Abschiebung Bedrohte aus politischer Überzeugung unterstütze, ohne

Honorar zu nehmen, sei übrigens auch mit im Boot. Eigentlich könne also gar nichts schiefgehen.

David griff sich ein Brötchen, schnitt es auf, belegte es fingerdick mit Salami und biss kräftig hinein. Sarahs Worte hatten ihn in der Tat etwas beruhigt. Davids Stimmungen konnten sehr schnell wechseln zwischen himmelhochjauchzend und Höllenqualen leidend. Die Vorstellung, mit Sarah plötzlich ein gemeinsames Kind zu haben, um das man sich kümmern muss, und auch noch verheiratet zu sein, wenn auch nicht mit Sarah – irgendwie gefiel das David. Er kaute seine Schrippe und lugte immer vergnügter drein. Vielleicht sei es auch nicht das Schlechteste, dachte er sich, mal Charakter zeigen zu müssen – und zu zeigen.

Und da kam ihm noch ein Gedanke. Er schämte sich spontan für ihn, aber er konnte ihn nicht verdrängen: Womöglich würde er mit seiner Zusage, Adwoa pro forma zu heiraten, auch Sarah imponieren. Vielleicht würden sie auf diese Weise doch noch zusammenkommen.

David füllte Kaffee nach und trank seine Tasse in einem Zug leer. Er hasste kleine Kaffeetassen. Kaum waren sie voll, waren sie leer. Er setzte sich auf dem für seine Maße viel zu kleinen Caféhausstuhl zurecht, stülpte kurz die Lippen, warf flüchtig die Stirn in Falten, strich sich erneut das Haar in den Nacken und sah Sarah dann fast schon freudig erregt an: Ja, er könne sich das vorstellen. Würden alle Stricke reißen und alle anderen absagen, könne er das wohl machen. Er sage hiermit nicht unwiderruflich zu. Aber auch nicht unumwunden nein.

David griff sich das nächste Brötchen. Jetzt hatte er richtig Hunger.

*

Schon auf dem Heimweg waren David erste Zweifel gekommen, ob er richtig entschieden, das Richtige gesagt hatte. Er hatte grundsätzlich einer Heirat mit einer Sechszehnjährigen zugestimmt, die ihm noch völlig unbekannt war. Er selbst war Anfang vierzig. Vielleicht war Adwoa ein jugendlicher Luftikus. Vielleicht würde sie ihn ausnutzen. Eine Heiratsurkunde zu unterschreiben, hieß Verantwortung zu übernehmen. David wäre unterhaltspflichtig. Und bekäme Adwoa von einem Freund ein Kind – es wäre offiziell Davids Kind, würde er die Vaterschaft nicht anfechten. Das zu tun, hieße aber, die ganze Sache zu gefährden und womöglich auffliegen zu lassen. Er wusste von Sarah, dass die Behörden auch bei ganz offensichtlichen Scheinehen – etwa wenn sie schwarz und sechzehn und er weiß und dreiundvierzig war – ruhig blieben, solange der oder die Geehelichte dem Staat nicht zur Last fiel. Solange David also zahlte, zahlen würde.

Aber vielleicht ging David auch nur und mal wieder einer seiner Lieblingsbeschäftigungen nach – schwarz zu sehen und zutiefst pessimistisch zu sein, zumindest solange er nicht ins Gegenextrem verfiel und schier barst vor Euphorie. Manisch-depressives Irresein nannte man das. Er kannte den Fachausdruck nur zu gut.

Wie auch immer: Sarah hätte es David bestimmt gesagt, wäre Adwoa ein unverantwortlicher Leichtfuß. Ziemlich sicher hätte sie ihm diese für Adwoas Zukunft alles entscheidende und für ihn selbst so schwerwiegende Frage dann gar nicht gestellt. Und womöglich sagte bald ein anderer Mann aus Sarahs Freundes- oder Bekanntenkreis zu. Sie kannte in ihren sozialpädagogischen Kontexten viele, viele Gutmenschen – wie David oft schon gespottet hatte. Womöglich würden die sich regelrecht darum schlagen, Adwoa heiraten zu dürfen, um ihr Gutsein unter Beweis stellen zu können. Aber vielleicht ja auch nicht.

David konnte die nächsten Tage noch schlechter schlafen als sonst. Sarahs Frage ließ ihn nicht los. Er traute sich nicht, Sarah anzurufen und nach dem Stand der Dinge zu fragen. David beschloss, einfach abzuwarten. Die Sache zu verdrängen. Vielleicht würde diese Angelegenheit sich einfach in Wohlgefallen auflösen. Vielleicht grämte er sich ganz umsonst. Irgendwo scharrte bestimmt schon irgendein Gutmensch mit den Füßen, um Adwoa vor den Traualtar führen zu können.

*

Draußen schien die Sonne von einem kristallklaren, tief blauen Himmel. Es war noch immer bitterkalt. Aber dafür zeigte sich der Winter von seiner schönsten Seite. Das gleißende Licht, verstärkt durch den in der Nacht gefallenen Schnee, war so stark, dass David die Jalousie des Fensters, an dem sein Schreibtisch stand, halb herunterlassen musste, um den Text auf dem Bildschirm lesen zu können. Er hatte gerade per E-Mail die Zusage eines renommierten Verlages bekommen, sein nächstes Buch, seinen nächsten Roman zu veröffentlichen. Und das Honorarangebot war überraschend hoch. Der in Aussicht gestellte Vorschuss auch.

David beschloss spontan zu tun, was er nur ganz selten tat – nämlich nichts. Er wollte diesen schönen Tag genießen, die gute Nachricht des Verlages etwas feiern. Irgendwo an der Elbe vielleicht, am Hafen, an der Alster. Draußen in einem Straßencafé, vor einer Kneipe, dick eingepackt. Einen Grog oder Pharisäer auf dem Tisch.

Unwillkürlich kam ihm Sarah in den Kopf. Er hätte sie gerne dabei. Und das wäre auch eine gute Gelegenheit, sie nach dem Stand der Dinge zu fragen. David hatte in den letzten drei Wochen, die seit ihrem Treffen beim Portugiesen vergangen waren, zwar immer wieder versucht, Sarahs Frage zu vergessen, sie aus seinem Hirn zu verbannen. Zeitweise gelang es ihm – er war, wie er selbst über sich sagte, ein großer Meister autogener Ergotherapie, im Wegarbeiten von Problemen und Konflikten also. Aber eben nur zeitweise. Immer wieder und ganz unverhofft stand diese Frage vor ihm. Wie ein Schatten, den man zwar nicht immer wahrnimmt, der aber immer da ist – zumindest wenn das Licht scheint, vor allem das des Geistes.

Mit dem Vergehen der Tage und Wochen verlor Sarahs Frage jedoch an Bedrohlichkeit. Mit jedem Tag, sagte sich David, stieg die Wahrscheinlichkeit, dass einer der Männer, die Sarah gefragt hatte, zusagen würde. Und selbst dann, wenn alle absagen würden, riefe Sarah ihn bestimmt umgehend an, um ihm mitzuteilen, dass alle Stricke gerissen seien – und dass jetzt er, David, das letzte Rettungsseil für Adwoa sei. Aber Sarah hatte nicht angerufen. Also war die Wahrscheinlichkeit hoch, und sie wurde Tag für Tag höher, dass sich die Sache für David in der Tat in Wohlgefallen aufgelöst hatte. Genau darauf hoffte er – diese Frage nie beantworten zu müsse. Denn beide Möglichkeiten einer Antwort schienen ihm bedrohlich. David hatte Angst davor, die Verantwortung für einen Menschen zu übernehmen – und er hatte Angst davor, einen Menschen ins Unglück zu stoßen, würde er sich verweigern.

David zögerte kurz. Dann griff er zum Telefon. Unter ihrer Privatnummer war Sarah nicht zu erreichen. Niemand hob ab. Im Jugendheim anzurufen, war eigentlich sinnlos. Wäre Sarah dort, hätte sie Dienst und könnte nicht mit. David merkte in diesem Moment jedoch, dass sein Bedürfnis, endlich Gewissheit zu haben, mindestens genauso groß war wie seine Lust, mit Sarah etwas zu unternehmen. Wenn nicht größer. Vielleicht hatte er unbewusst nur auf eine Gelegenheit gewartet, Sarah zu kontaktieren. Hätte einer der Gutmenschen inzwischen zugesagt, kam David spontan in den Sinn, hätte Sarah ihm sicher umgehend Bescheid gesagt. Sie konnte sich bestimmt vorstellen, wie es David ging, dass er sich quälte mit dieser fundamentalen Frage. David stand vor dem Fenster und schaute über die Dächer Richtung Hafen. Er wusste nicht, was er tun sollte. Mal wieder.

Das Telefon klingelte. Sarah war am Apparat. Sie sei gerade zur Tür reingekommen und habe seine Nummer auf dem Display gesehen. Sie hätte ihn heute so und so anrufen wollen. Anrufen müssen. Sarah war noch ganz außer Atem. Ihre Rede stockte immer wieder. David schien, dass es dafür jedoch noch eine andere Ursache gab. Sarah rang um Fassung. David fragte, was denn los sei. Sarah verstummte. Sie begann zu weinen. Sie entschuldigte sich mehrfach. David wollte sie beruhigen, brachte aber kaum ein Wort heraus. Er litt wie ein Tier, wenn es Sarah schlecht ging.

Als sich Sarah wieder gefangen hatte, kam sie direkt mit der Sache heraus. Sie sprach leise, aber präzise auf den Punkt. Alle Stricke seien gerissen. Gestern habe der Letzte vor David abgesagt. Und heute Nacht sei Adwoa abgeholt worden. Bei einer Freundin, wo sie Unterschlupf gefunden hatte. Die Behörden hätten sie irgendwie ausfindig gemacht. Wahrscheinlich säße Adwoa schon in einem Flugzeug nach Ghana.

Sarah brach wieder in Tränen aus. In ihrem Schluchzen versuchte sie David gleichwohl sofort zu vermitteln, dass er kein schlechtes Gewissen haben müsse, dass er sich keine Gedanken machen solle. Die Politik, die Behörden seien schuld, nicht er. Man könne es niemandem zum Vorwurf machen, eine solche Frage vor sich herzuschieben, eine Antwort zu scheuen. Oder gar nein zu sagen.

David wurde spontan schlecht. Seine Knie zitterten. Er setzte sich auf seinen Arbeitsstuhl vor den Schreibtisch. Er könne jetzt nicht viel sagen. Er würde später zurückrufen. Er würde sie heute gerne sehen. Vielleicht.

David verabschiedete sich kurz und legte auf. Er war wie benommen. Er saß da, scheinbar teilnahmslos, und stierte vor sich hin. Er stieß sich plötzlich so kräftig vom Schreibtisch ab, dass sein Bürostuhl gegen das hinter seinem Rücken stehende Regal prallte. Davids Hände waren feucht. Er schwitze am ganzen Körper. Sein Schweiß stank. Nach Angst. Nach Selbstverachtung. Nach Ekel vor sich selbst.

*

Die Anwältin, eine kleine, schmächtige Frau, wie David erstaunt feststellte – beim Telefonat klang sie sehr kraftvoll, bestimmt und einnehmend –, kam hastig um die Ecke. Sie erkannte David, der sich als etwas groß und breit geraten beschrieben hatte, sofort und entschuldigte sich umgehend für ihr Zuspätkommen. Das sei gar nicht schlimm, meinte David, so habe er die Unterlagen über Adwoas Fall, die sie ihm zugeschickt hatte, noch etwas intensiver studieren können. Und er habe heute Vormittag auch einiges über ihre, der Anwältin Arbeit gelesen. Er habe großen Respekt vor ihrem selbstlosen Einsatz für Menschen, die von Abschiebung bedroht seien, und er wolle sich bedanken, dass sie sich so intensiv für einen Termin beim Leiter der Ausländerbehörde eingesetzt habe.

Die Anwältin machte nur eine abwehrende Handbewegung, wie wenn sie etwas völlig Unwichtiges beiseiteschieben wollte, und fragte gleich, ob David schon mal in der Ausländerbehörde gewesen sei. Als er verneinte, bat sie ihn eindringlich, dicht hinter ihr zu bleiben. Man kenne sie hier. Aber eben nicht alle würden sie kennen. Vor allem die schwarzen Sheriffs des privaten Sicherheitsdienstes würden oft wechseln. Vor denen solle David sich hüten. Am besten sei, immer kackfreundlich zu sein und ja nicht zu provozieren. Seinen Personalausweis solle

David griffbereit in der Jackentasche haben – und am besten schon in der Hand. Sie habe alle Unterlagen dabei, Ihren Anwaltsausweis natürlich, aber auch die schriftliche Terminbestätigung des Amtsleiters. Es könne so eigentlich nichts schiefgehen.

David folgte der Anwältin willig. Sie schlängelten sich durch gut fünfzig Personen, die vor dem Portal des Amtes standen und Papiere studierten, rauchten oder einfach warteten. Worauf auch immer.

Direkt vor dem Portal, links und rechts, standen zwei schwarz uniformierte Sicherheitsleute. Breitbeinig, die Arme vor der Brust verschränkt, unter dem Barett ein, wie David dachte, aber natürlich nicht sagte, durchaus leeres, dummes Gesicht. Die Anwältin zeigte ihren Ausweis, meinte, dass Herr Rosenzweig – David streckte dem Wachmann sofort seinen Ausweis entgegen – zu ihr gehöre, wurde durchgewunken und zog David am Ärmel hinter sich her durch die große Drehtür.

Drinnen im Foyer führte links ein stählernes Gatter, das David sofort an ein Viehgatter erinnerte, auf die erste Anlaufstelle für Flüchtlinge und Asylsuchende – hinter Panzerglas und mit Gegensprechanlage. Im Gatter standen die Menschen dicht gedrängt. Im anderen, weit größeren Teil des Vorraums saßen Menschen eng nebeneinander auf den Bänken an der Wand. Die meisten standen jedoch allein oder in kleinen Gruppen mitten im Raum oder irgendwo, wo noch etwas Platz frei war.

Die Anwältin zog David am Ärmel weiter in Richtung einer Schwenktür aus Sicherheitsglas. Auch vor der standen zwei schwarze Sheriffs. Das gleiche Ritual. Auch hier wurden sie umstandslos durchgewunken. David fühlte sich spontan schäbig aufgrund dieser Sonderbehandlung, die sie genossen. Wären sie dunkelhäutig oder sähen sie aus wie arme Schlucker, mit ein paar Plastiktüten in den Händen, die alle ihre Habseligkeiten bargen, würden sie definitiv anders behandelt werden. Wie Vieh im Gatter eben, dachte sich David.

Sie waren jetzt im Treppenhaus. Die kleine, schmächtige Frau ließ David nun los, meinte aber gleich, er solle ihr dicht auf den Fersen bleiben. Und man nehme lieber die Treppen statt einen Aufzug. Der Herr Amtspräsident residiere zwar ganz oben im sechsten Stock, aber in den Aufzügen sei es, mehr wolle sie nicht sagen, nicht so ganz angenehm.

Auf jedem Stockwerk des Treppenhauses fand sich hinter einer Glastür zu den Etagengängen das gleiche Bild: mindestens ein Sicherheitsmann, der nächste immer in Sichtweite, also spätestens an der nächsten Ecke. Davids Anspannung und Unwohlsein stiegen von Stockwerk zu Stockwerk. Er hatte Brustdrücken und Atemnot, als sie oben waren. Sein Herz war kerngesund, das wusste er. Seine Not hatte andere Ursachen.

Auch direkt vor dem Amtszimmer des Behördenleiters stand ein Wachmann – recht groß und muskulös gewachsen, aber immer noch fast einen ganzen Kopf kleiner als David. Der Wachmann verlangte von der Anwältin im schroffen Befehlston ein Einladungsschreiben, sonst komme hier niemand durch. Die Anwältin reagierte kackfreundlich. Sie reichte dem Uniformierten besagtes Schreiben und ihren Anwaltsausweis und meinte im allerliebsten Ton, dass Herr Rosenzweig, wie dem Schreiben zu entnehmen sei, mit eingeladen sei. Der Herr Amtsleiter warte schon, man sei von anderen Sicherheitsleuten aufgehalten worden. Die Anwältin gefiel David immer besser.

Der Wachmann stierte längere Zeit auf das Papier und ließ die Anwältin und David, nachdem auch der seinen Ausweis gezeigt hatte, passieren.

Zu Davids Überraschung wurden sie von der Vorzimmerdame freundlich begrüßt und gleich durchgewunken.

Die Dame und die Anwältin schienen sich zu kennen, man wurde erwartet.

Die Begrüßung zwischen dem Amtsleiter und der Anwältin geriet dagegen eher sachlich zurückhaltend, wenn nicht frostig. Der Mann, für seine Stellung noch recht jung, wohl erst Mitte, Ende dreißig, kam der Anwältin und David mit zum Gruße ausgestreckter Hand entgegen und bat sie, Platz zu nehmen. Als der Amtsleiter sich hinter seinen Schreibtisch gesetzt hatte, sah er David aber noch immer stehen. Er bat David erneut, doch Platz zu nehmen.

David meinte, er würde lieber stehen bleiben. Ihm sei schlecht. David zog die Papiere aus seiner Aktentasche, die ihm die Anwältin geschickt hatte, und knallte sie dem Behördenchef auf den Schreibtisch. Er, der Herr Amtsleiter, habe seine Verlobte, Frau Adwoa Annan, abschieben lassen. Er, David Rosenzweig, habe beabsichtigt, seine Verlobte demnächst zu heiraten. Wie er, der Herr Amtsleiter, denn auf diese erbärmliche Idee gekommen sei, eine Sechszehnjährige abschieben zu lassen, obwohl diesen Papieren – David beugte sich nach vorne und tippte lautstark auf die Mappe – eindeutig zu entnehmen sei, dass Frau Annan in Ghana eigentlich niemanden kenne und wohl auch niemand sie, von irgendeiner fernen Tante abgesehen, die es irgendwo geben solle – oder gegeben habe. Adwoa sei erst drei Jahre alt gewesen, als sie nach Deutschland kam. Sie spreche perfekt Deutsch. Sie sei hier aufgewachsen. Sie habe hier ihre Freunde. Sie sei gut in der Schule gewesen, habe gerade die Mittlere Reife gemacht, sei völlig integriert. Das hier sei ihr Land, hier habe sie gelebt, hier habe sie gewohnt, hier gehöre sie hin! Und dann diese grandiose Scheiße! Diese rassistische, fremdenfeindliche Behördenscheiße!

David redete sich in Rage, wie er sie selbst kaum je bei sich erlebt hatte. Er redete, kaum dass er Atem fand, ohne

Pause, ohne Stocken, ließ niemandem eine Chance, ihn zu unterbrechen. Sein sonores, lautes Organ und seine mächtige Erscheinung ließen auch niemanden daran denken, ihn zu unterbrechen.

Adwoa sei seine, David Rosenzweigs, Privatschülerin gewesen, er habe ihr in vielen Fächern Nachhilfeunterricht gegeben. Und dabei hätten sie sich sehr stark befreundet, ja lieben gelernt. Und was der Herr Amtsleiter sich aufgrund des großen Altersunterschieds zwischen Frau Annan und ihm, David Rosenzweig, denke, das interessiere einen feuchten Kehricht! Wie er, der Herr Amtsleiter, denn reagieren würde, wenn ihm eine sehr gute Freundin oder ein sehr guter Freund einfach weggenommen werden würde? Von irgendeinem Behördenhengst, irgendeinem wildfremden Sesselfurzer! Er würde sich doch genauso dagegen wehren! Er, der Herr Amtsleiter, solle es ihm, David Rosenzweig, nicht übel und keinesfalls persönlich nehmen. Aber er, David Rosenzweig, werde seine Rechte als Deutscher Staatsbürger ohne Gnade ausnutzen, um Adwoa wieder zurückzuholen nach Deutschland. Er werde sie heiraten, zur Not in Ghana, in Las Vegas oder sonst wo. Und dann bliebe sie hier. Endgültig. Für immer. Man könne ihnen noch gehörig Knüppel zwischen die Beine werfen. Aber das würde nichts ändern. For sure! Keinesfalls! Niemals! Basta!

David griff sich seine Mappe, wandte sich zur Anwältin, gab ihr die Hand, bedankte sich noch mal, meinte, sie sei eine ganz wunderbare Frau, aber er müsse jetzt schleunigst gehen, weil ihm sonst wirklich gleich das kalte Kotzen käme. David ging mit schnellen, großen Schritten zur Tür und knallte sie hinter sich zu.

Beim Sicherheitsmann, der wortlos vor dem Vorzimmer stand, blieb David kurz stehen, sah auf ihn herab und meinte, er solle ja den Mund halten. David drehte ab und ging.

Im Zimmer des Amtsleiters hinterließ David eine Anwältin mit großen Augen und offenem Mund und einen Behördenleiter, der sich über die erste Unterredung seiner Amtszeit wunderte, in der er kein Wort geäußert hatte. Beide starrten sich schweigend an. Der Amtsleiter griff sich die Fallakte, die vor ihm lag, blätterte in ihr, zog ein leeres Blatt hervor und notierte einige Zeilen darauf. Er schob das Blatt der Anwältin rüber und meinte, dass das aber unter ihnen bliebe. Unbedingt. Ob die Adresse der Tante von Frau Annan in Ghana noch stimme, wisse er nicht. Die Eröffnung der Fallakte sei schon dreizehn Jahre her.

Der Amtsleiter griff unwillkürlich nach dem Bilderrahmen, der auf seinem Schreibtisch stand. Auf dem Foto waren er, seine Frau und seine Tochter zu sehen. Ein weißer Mann, eine schwarze Frau und ein schokobraunes Kind strahlten den Betrachter an.

Die Bitte

Aaron öffnete die Tür, nachdem es zögerlich geklingelt hatte. Vor ihm stand ein junger Mann in der schwarzen Montur eines Autonomen. Aaron kannte den Jugendlichen. Zumindest vom Sehen. Ein Wort, einen Satz hatten sie noch nie miteinander gewechselt. Er war der Sohn einer Frau, die im Hinterhof direkt gegenüber wohnte. Aaron sah sie bei schönem Wetter oft auf ihrem Balkon sitzen, meist allein, gelegentlich mit ihrem Sohn, manchmal mit Freundinnen. Aaron sah den jungen Mann freundlich und interessiert, aber auch etwas verwundert an.

Der Jugendliche, er sah ernst und blass aus und die Situation schien ihm peinlich zu sein, entschuldigte sich zunächst dafür, dass er störe, aber er habe eine Bitte, ein Anliegen. Er stockte und senkte den Blick. Nach einer kurzen Pause hob er wieder an. Man kenne sich ja – so irgendwie. Zumindest optisch. Er zögerte wieder.

Aaron versicherte ihm freundlich, dass er ganz und gar nicht störe, und sah ihn aufmunternd an.

Der junge Mann druckste, sah sich um und fragte dann, ob er kurz hereinkommen könne, das Treppenhaus sei etwas ... Er brach wieder ab.

Aaron verstand, streckte ihm die Hand zum Gruße entgegen, bat ihn herein und fügte gleich hinzu, er könne ihn gerne duzen. So ein alter Knacker sei er auch noch nicht. Er heiße Aaron.

Der junge Mann lächelte einen Moment erleichtert und sagte, während er Aaron die Hand gab, er heiße Till.

Aaron bot ihm einen Stuhl in seinem Arbeitszimmer an und setzte sich Till gegenüber auf einen anderen. Was er für ihn denn tun könne?

Till saß nach Art einer Gouvernante auf seinem Stuhl, das Kreuz gerade durchgedrückt und in gehörigem Abstand zur Lehne. Seine Hände lagen auf seinen Oberschenkeln und Knien. Sie vollführten eine leichte Reibebewegung. Vor und zurück, vor und zurück. Till hielt seinen Blick gesenkt. Es schien in ihm zu arbeiten. Er kämpfte regelrecht mit sich. Er sah Aaron kurz an und legte dann ruckartig los, immer wieder stockend, zögernd, unsicher, was er sagen solle, sagen dürfe, sagen könne. Jedes Wort schien er abzuwägen, weit mehr Worte im Geiste zurückzuweisen als schließlich zu äußern.

Till sei hier wegen – seiner Mutter. Aaron kenne sie. Zumindest, wie Till wieder sagte, optisch. Er wisse von Leyla, so hieße seine Mutter, dass es seit langen, langen Jahren Blickkontakt zwischen ihnen, Leyla und Aaron, gebe und freundliches Grüßen, wenn man sich im Stadtviertel irgendwo zufällig treffe. Sonst aber nichts. Leyla habe Till gesagt, dass sie mit ihrem *Schreibtischnachbarn gegenüber* – Till akzentuierte seine Worte, indem er eilig Anführungszeichen in die Luft schrieb – noch nie ein privates Wort gewechselt habe. Sie nenne Aaron immer ihren *Schreibtischnachbarn gegenüber*, weil sie seinen Namen ja nicht kenne – wie er, Till, bis eben auch. Man könne nämlich, wenn die Sonne nachmittags entsprechend stünde, ziemlich deutlich Aaron am Schreibtisch sitzen sehen. Da säße er ja sehr oft. Und abends und nachts bei Beleuchtung umso deutlicher. Er dürfe das nicht falsch verstehen, seine Mutter oder er, Till, würden Aaron nicht beobachten. Aber ihre Blicke fielen immer wieder ganz unwillkürlich in seine Richtung. Man wohne halt auf exakt gleicher Höhe gegenüber, wohl keine zwanzig Meter entfernt. Till lächelte verlegen und schien sogar etwas rot anzulaufen. Sein Gesicht wurde dadurch etwas fleckig. Er stockte wieder.

Aaron war gespannt, was nun kommen würde. Sein Herz pochte. Er wusste warum. Er fand ganz unglaublich, was hier gerade passierte. Er kannte Tills Mutter in der Tat, wie Till es formuliert hatte, nur optisch. Aber das seit fast dreißig Jahren, seitdem er hier wohnte. Sie hatte früher in einem Café im Viertel bedient, das Aaron bis heute sehr oft besuchte. Er hatte sich damals fast etwas in sie verliebt, und er hätte sich über alle Ohren in sie verliebt – ja, wenn er seinerzeit nicht in einer Beziehung gesteckt hätte, mit der er eigentlich sehr zufrieden war. Er liebte seine Hannah. Aber er hatte schon immer das Talent, in drei Frauen gleichzeitig verliebt zu sein. Oder in fünf. Und schüchtern war er, wenn er verliebt war. Nur dann. Dann aber umso heftiger. Nie hatte er in seinem Leben einer Frau seine Liebe offenbart – bevor sie es nicht getan hatte. Die Vorstellung, zurückgewiesen zu werden, war ihm unerträglich. Er wäre gestorben, dachte er. Bis heute dachte er so.

So lief das lange Jahre mit Tills Mutter. Er hätte schwören können, dass sie ihn mochte und womöglich auch liebte. Ihr Verhalten, ihre Blicke schienen Aaron ganz eindeutig. Aber sie offenbarte sich nie. Nie. Und er auch nicht.

Irgendwann zog sie sogar noch in die Wohnung im Hinterhof gegenüber. Als Aaron sie auf ihrem Balkon das erste Mal sah, war ihre Schwangerschaft schon deutlich zu sehen. Das Wesen in ihrem Bauch saß nun vor ihm. Aaron hatte nie einen Mann neben ihr wahrgenommen, im Viertel nicht, wenn man sich zufällig traf und sich freundlich grüßte, auf ihrem Balkon nicht, nirgendwo. Dennoch schien Aaron die Sache damit endgültig gelaufen zu sein. Anfänglich glaubte er natürlich, dass es reiner Zufall sei, Tills Vater nie zu sehen. Womöglich wollten sie einfach nicht zusammenzuziehen. Das kam ja öfter vor. Womöglich war sie lieber bei ihm als er bei ihr. Womöglich nahm er Reißaus, als sie schwanger wurde. Womöglich war er Opfer eines tragischen Unfalls oder einer schlimmen Krankheit.

Was auch immer, irgendwann war es einfach zu spät, sich zu offenbaren. Irgendwann waren zehn Jahre vergangen, irgendwann zwanzig, inzwischen fast dreißig.

Die ganze Sache hatte etwas völlig Skurriles. Schon oft hatte er mit Freunden darüber gesprochen. Neue Bekannte und Freunde, denen er früher oder später davon erzählte, wollten diese verrückte Geschichte zunächst oft gar nicht glauben. Hätte Aaron berichtet, vor drei Wochen in einem Café eine tolle Frau kennengelernt zu haben, zumindest optisch – er übernahm in Gedanken unwillkürlich Tills Vokabular –, und dass er sich nicht traue, sich ihr zu offenbaren, sie auch nur anzusprechen, von höflichen Begrüßungsfloskeln abgesehen – er hätte sofort Ratschläge bekommen, speziell von seinen vielen Freundinnen, wie er vorgehen, was er sagen, wie er die Sache arrangieren solle. Aber nach fast dreißig Jahren?

Inzwischen hatte die Geschichte, über ihren verrückten, schrägen, schrulligen Charakter hinaus, nahezu etwas Sakrales. Jede Offenbarung, jedes Ansprechen, jede Einladung auch nur zu einem Kaffee wäre nach so langer Zeit fast ein Sakrileg – das Ende einer ebenso schönen wie bizarren Episode. Und ob das, was folgen würde, ebenso schön und bizarr wäre – Aaron wollte es nicht recht glauben.

Während Till von seiner Mutter erzählte, waren Aaron die letzten dreißig Jahre wie im Zeitraffer durch den Kopf gegangen. Jetzt wusste er, dass sie Leyla hieß. Und jetzt war er zum Bersten gespannt, welche Bitte, welches Anliegen Till hatte.

*

Als Aaron mit zwei Gläsern Wasser in den Händen aus der Küche zurückkam, stand Till am Fenster und schaute hinaus. Er drehte sich um und sagte zu Aaron, er wolle lieber stehen. Er sei etwas aufgeregt.

Aaron reichte ihm eines der beiden Gläser und versicherte ihm freundlich lächelnd, dass es ganz und gar keinen Grund zur Panik gäbe. Er solle sich ganz frei und ungezwungen fühlen.

Till nahm einen Schluck Wasser und hob an. Was er Aaron zu erzählen habe und worum er ihn bitten wolle, Till zögerte kurz, das klinge womöglich wie eine alberne Hollywood-Story, wie eine Geschichte aus einem billigen Herz-Schmerz-Roman. Aber es handle sich leider um die Realität.

Aaron fühlte sich spontan etwas unwohl, nippte an seinem Glas und setzte sich. Ja, die Realität tendiere oft dahin, die kühnsten Träume und schlimmsten Fantasien noch zu übertrumpfen. Aber er sei ganz gefasst, Till solle sich keinen Zwang antun.

Till setzte sich nun doch – nur um gleich wieder aufzustehen. Nun, es ginge seiner Mutter nicht gut. Sie sei erkrankt, und man wisse nicht, wie die Sache ausgehe. Till habe ein paar Jahre nicht das beste Verhältnis zu seiner Mutter gehabt. Aber seitdem ihre Krankheit ausgebrochen sei, habe er gemerkt, wie sehr er an seiner Mutter hinge. Er besuche sie nun täglich, um nach ihr zu sehen und Dinge für sie zu erledigen. Er versuche, ihr das Leben so weit wie möglich zu erleichtern und zu verschönern, ihr Wünsche von den Lippen abzulesen – und nach Möglichkeit zu erfüllen. Weil ihm das Geld fehle, könne er Leyla nicht gerade eine Weltreise schenken. Aber manch anderes ginge. Ein kleine Geste hier, eine kleine Aufmerksamkeit dort. So vieles, was möglich sei, was Menschen Freude bereite, koste gar kein Geld. Er versuche einfach, seiner Mutter so viele Wünsche und Träume wie nur möglich zu erfüllen – auch ganz versteckte, nur selten oder nie ausgesprochene. Aber Wünsche, die sie, da sei er sich ganz sicher, schon immer hegte – und noch immer hege.

Till setzte sich und sah Aaron offen, ja fast treuherzig an. Er schien für einen Moment jede Scheu verloren zu haben. Er schien zu merken, dass er vor Aaron keine Angst haben musste, dass Aaron kein Mensch war, der gezeigte Schwächen ausnutzen würde.

Aaron war in der Tat ein Mensch, der am liebsten mit offener Brust kämpfte – oder sich vollkommen zurückzog. Entweder richtig – oder gar nicht. Freunde, mit denen man nicht offenherzig über alles reden konnte, bei denen man Worte abwägen, manches verbergen, anderes nur diplomatisch, also halb verlogen äußern durfte – das waren für ihn eigentlich gar keine Freunde, sondern maximal Bekannte. Plastikbeziehungen, wie er solche Bekanntschaften mal nannte in einem Gespräch – mit einer Plastikbeziehung.

Aaron ahnte, worauf Till hinaus wollte, aber er traute sich nicht, es zu äußern, es vorwegzunehmen. Vielleicht läge er doch falsch – er kannte Till ja noch kaum. Vielleicht würde ihm nach Äußerung seiner Vermutung schallendes Gelächter entgegenbrechen – wie bei der Zurückweisung einer Liebesoffenbarung, vor der er schon immer so viel Angst hatte.

Till setzte sich auf seinem Stuhl zurecht, sah Aaron wieder offen an, senkte dann jedoch den Blick – aber nicht, um ein verlegenes, ein scheues, sondern ein sinnliches, wissendes Lächeln zu überspielen. Er wisse, dass Leyla ihren – Till schrieb wieder unwillkürlich Tüpfelchen in die Luft – *Schreibtischnachbarn gegenüber* sehr interessant und attraktiv finde, und er glaube, dass noch viel mehr dahinterstecke. Aber darüber, über Gefühle und Sehnsüchte zwischen Frau und Mann, würde eine Mutter wohl nicht sonderlich offen mit einem heranwachsenden Sohn sprechen. Und womöglich habe sie über die Jahre auch Rücksicht genommen auf seinen leiblichen Vater.

Er habe einen leiblichen Vater? Aaron lief fast rot an und lachte laut auf, als ihm, kaum hatte er diese Frage spontan geäußert, klar wurde, welchen Unsinn er eben dahergeredet hatte.

Till lachte verschmitzt mit. Er wusste, was Aaron meinte – und eigentlich sagen wollte. Ja, er habe in der Tat einen leiblichen Vater. Das käme in den besten Familien vor. Sein Vater sei aber schon kurz nach seiner, Tills, Geburt mit einer anderen Frau durchgebrannt – nach Venezuela. Till habe immer wieder den Kontakt zu ihm gesucht, er sei aber oft nur halbherzig aufgenommen und immer öfter zurückgewiesen worden und habe dann irgendwann – aufgegeben.

Aaron betrachtete Till, diesen jungen Mann, der gerade mal seit einer guten halben Stunde vor ihm saß und den er noch kaum kannte, mit großem Mitgefühl. Das täte ihm sehr leid. Das sei nicht schön für ein Kind.

Till sprang jäh auf, ging zum Fenster, sah eine Weile hinaus, kam gleich darauf zurück, setzte sich und bat um Entschuldigung.

Aaron, er sah Tills glasige Augen, versicherte ihm mit warmer, aber auch leicht gebrochener Stimme, dass er sich für ganz und gar nichts entschuldigen müsse.

Till hob seinen Blick und sah Aaron direkt in die Augen. Er biss sich kurz auf die Lippen und kam dann endlich mit seiner Bitte heraus. Er würde sich sehr darüber freuen, wenn er dazu beitragen könnte, dass Leylas lange Jahre gehegter heimlicher Wunsch in Erfüllung geht, ihn, Aaron, kennenzulernen – und nicht nur optisch. Till lächelte ebenso verlegen wie erleichtert und senkte wieder den Blick.

*

Jetzt war es ausgesprochen. Aaron hatte das Richtige geahnt. Ihm war plötzlich ganz warm ums Herz. Jahrzehnte währender Zweifel über die wahren Gefühle Leylas ihm gegenüber fielen wie ein Mühlstein von seinen Schultern.

Endlich hatte er Gewissheit. Was war er für ein Idiot! Jahrzehntelang! Hätte er sich damals doch nur offenbart! Womöglich wäre Leyla seine große Liebe geworden. Seit dreißig Jahren. Und der junge Mann, der ihm gerade gegenübersaß, wäre sein leiblicher Sohn gewesen – oder sein Herzenssohn geworden.

Aaron war tief berührt und hoch erfreut – und auch ziemlich verärgert über seine Dummheit, so lange Jahre zu schweigen, über seine Feigheit, sich zu offenbaren.

Aber vielleicht irrte sich auch Till! Womöglich interpretierte er in seinem Bemühen, seiner Mutter alle Wünsche von den Lippen abzulesen, manches über – oder auch völlig falsch. Vielleicht fand Leyla ihn, Aaron, ja ganz nett. Aber womöglich wäre nie eine intensivere Beziehung zwischen ihnen entstanden. Aaron kannte das nur zu gut von sich selbst – wilde Liebesgeschichten, die ganz große Liebe auszutoben. Im Kopf. In der Fantasie. Aber auch nach dem heftigsten virtuellen und umso mehr realen Liebesrausch kam bei ihm immer und immer wieder – das Erwachen. Die Nüchternheit. Der Alltag. Die Banalität.

Und auf was würde er sich da einlassen? Er würde Leyla kennenlernen, schätzen und womöglich lieben lernen – nur um sie gleich wieder zu verlieren! Er wusste nicht, an welcher Krankheit sie litt. Er wollte auch nicht danach fragen. Aber es musste etwas sehr Schlimmes sein. Till hätte ihn sonst niemals angesprochen. Sollte sich Aaron also opfern, nur um einer Frau, die er bislang, wie Till meinte, nur optisch kannte, einen schönen Wunsch zu erfüllen? Und sei es ihr letzter?

*

Sie waren sich lange Zeit schweigend gegenübergesessen. Till hatte seine Bitte geäußert. Und es wäre ihm nie in den Sinn gekommen, von Aaron sofort eine Antwort zu erwarten – oder gar zu bekommen. Till sah, wie es in Aaron arbeitete. Wie er zunächst eine tiefe Betroffenheit und Freude ausstrahlte – denen aber bald Sinnlichkeit und Nachdenklichkeit folgten. Wer wäre nicht im Mark getroffen, wen würde es nicht zutiefst berühren, einer solchen Bitte gegenübergestellt zu werden?

Aaron wusste nicht recht, was er sagen sollte. Noch immer schossen ihm tausend Gedanken durch den Kopf. Aber er musste, wollte so langsam etwas sagen. Er wollte Till, der ihm plötzlich sehr nahe war, nicht länger einfach so sitzen lassen. Aaron bedankte sich zunächst für das große Vertrauen, das ihm Till entgegenbringe. Die ganze Geschichte berühre ihn sehr. Und er müsse gestehen, dass er Leyla – endlich wisse er, wie sie heiße – schon immer sehr interessant und sehr, sehr attraktiv finden würde. Aber über all die Jahre hätte es aus irgendeinem verflixten Grund nicht sein sollen, dass man sich etwas näher kennengelernt habe – Aaron traute sich nicht, diesen ihm ganz genau bekannten verflixten Grund zu nennen: seine Angst, zurückgewiesen zu werden.

Er wisse im Moment nicht recht, was er sagen solle. Tausend Gedanken jagten ihm noch immer durch den Kopf. Er würde wohl noch etwas brauchen, noch einige Nächte darüber schlafen müssen. Auf jeden Fall fände er es ganz toll, was Till für seine Mutter tue. Leyla könne mächtig stolz auf ihn sein!

Till rieb sich, kaum hatte Aaron zu Ende gesprochen, unwillkürlich die Oberschenkel und sprang gleich danach auf. Nein, nein, das sei doch gar nichts. Das würde doch jeder machen. Und er hätte volles Verständnis dafür, dass Aaron sich geplättet, überrannt, überfordert fühle und noch etwas Zeit brauche, bevor er sich entscheide. Und auch wenn er ablehnen würde, sei das völlig in Ordnung.

*

Aaron bog um die Ecke und hielt inne. Schräg gegenüber lag das Haus, dessen Rückfront er seit Jahrzehnten kannte. Seine Straßenseite hatte er aber nur selten gesehen. Sie lag einfach abseits seiner üblichen Wege.

Er hatte sich fast eine Woche gequält mit der Frage, ob er Tills Bitte nachkommen sollte – ob es klug wäre, seinen Gefühlen, die er schon seit so langer Zeit Leyla gegenüber hegte oder auch nur meinte zu hegen, und auch seiner Neugier nachzugeben. Er hatte sich in diesen wenigen Tagen kaum getraut, in Richtung Leylas Wohnung zu schauen. Der Balkon war so und so verwaist. Es war tiefer Winter. Aber auch in der Wohnung, abends bei Beleuchtung, hatte er Leyla nicht mehr gesehen. Vielleicht würde er sie gesehen haben, hätte er öfter hingeschaut. Aber seit Tills Offenbarung wäre sich Aaron wie ein Spanner vorgekommen, hätte er es getan – und vor allem öfter als sonst, als früher. Es war aber nicht zu übersehen, dass jeden Abend das Licht in Leylas Wohnung anging. Auch im Schlafzimmer, aber das war hinter dicken Vorhängen verborgen.

Till hatte sich nach der Äußerung seiner Bitte recht schnell verabschiedet. Und erst, als er schon ein paar Minuten weg war, fiel Aaron ein, dass sie keine Adressen und Telefonnummern ausgetauscht hatten. Er wusste noch immer nicht, wie Leyla mit Nachnamen hieß. Aber es war ja klar, in welchem Stockwerk und auf welcher Seite des Hauses sie wohnte, vor dem Aaron nun fast schon stand.

Er hatte gerade die Straße überquert, als aus dem Haus ein Mann in schwarzem Anzug, weißem Hemd und mit schwarzer Krawatte langsam heraustrat – rückwärts. Er zog etwas hinter sich her. Es war ein Sarg auf einem Fahrgestell, an dessen Ende ein zweiter Mann erschien, der genauso gekleidet war. Der Sarg war weiß.

Aaron setzte sich unwillkürlich auf den Bordstein, neben dem er stand. Er umklammerte seine Knie und presste seine Stirn dagegen. Er war zu spät gekommen. Dreißig Jahre zu spät.

Dachte er. Er konnte nicht wissen, dass in dem Sarg eine Nachbarin Leylas lag, eine ältere Dame, die in den frühen Morgenstunden verstorben war.

Luxus & Stoff

Erster Geschäftskontakt

Eine perfide Geschmacksmischung aus Momenten fahlen, abgestandenen Bieres und einer drei Tage alten Pizza hatte sich in seine Zunge und Mundhöhle gefressen. So müssten, dachte er sich, obwohl er noch nicht recht denken konnte, getrocknete Kuhfladen schmecken. Er hatte zwar keine Ahnung, wie getrocknete Kuhfladen schmecken, und wollte es auch nie empirisch überprüfen. Aber ziemlich genau so mussten sie schmecken. Er war sich da völlig sicher. Als Kinder hatten sie sich auf der großen Weide hinter den Wohnblocks mit Fallobst oder getrockneten Kuhfladen beworfen. Wer unfähig, wer zu lahm war auszuweichen, war selbst schuld. Einmal hatte er so ein Teil direkt ins Gesicht bekommen. Den Geruch davon hatte er bis heute in der Nase – wenn er daran dachte. Und jetzt dachte er daran.

Mal wieder hatte er sich selbst kasteit durch zu intensive und zu schnelle Aufnahme zu großer Mengen Alkohol in Bierquanten und manch Dosis Single-Malt. Miserabel sah er aus, verquollen, aufgedunsen. Ein veritabler Idiot sei er, sagte er sich, als er sich im Spiegel schemenhaft bis skeptisch wiedererkannte. Er bleckte die Zähne und motzte die aufgedunsene Masse, die ihm entgegensah, mit dem ausgelaugten Witzchen an, dass er sie zwar nicht kenne, aber auch sie werde gewaschen.

Ein veritabler Idiot sei er, weil heute sein großer Tag war. Er hatte es geschafft. Er durfte seine geniale, wie er meinte, Geschäftsidee einem Konzernvertreter unterbreiten, aus der Vorstandsetage gar. Wie hatte er gedrängelt, wie hatte er Sekretärinnen am Telefon umsäuselt und liebkost, bis sie ihm einen Termin bei ihrem Chef besorgten. Heute um elf sollte es so weit sein.

Es war neun. Noch zwei Stunden hatte er Zeit, sein dekalibriertes Gesicht wieder in Form zu bringen, zu entdunsen. Hundertundachtzig Liegestütze wollte er machen und nicht weniger Kniebeugen, den ganzen Dreck im Hirn wie im Restkörper rausschwitzen, bis der Geschmack im Mund, unterstützt durch mindestens dreimaliges Zähneputzen, von getrocknetem Kuhfladen auf Pfefferminztee umschwenken würde.

Genau so wollte er es machen. Es hing alles davon ab, dass er einen guten Eindruck hinterlässt, dass der Manager um elf nicht gleich vom Hocker fällt durch seine Fahne. Monate um Monate hatte er sich Gedanken gemacht. Stück um Stück wuchs die Idee, immer klarer stand sie vor seinem nicht immer trunkenen inneren Auge. Briefe hatte er geschrieben, E-Mails verfasst, Telefonate en gros absolviert, um dahin zu kommen, wohin er heute gehen würde, um seinen, wie er glaubte, terminativen geschäftlichen Geistesblitz zu präsentieren – jenen, die ihn finanzkräftig, was er selbst nicht war, in die Realität würden umsetzen können.

Und dann ruft ihn sein Freund Lollo gestern Abend an, dass er Probleme habe mit seiner Alten, der Biggi, und mal ein Bier oder zwei mit ihm trinken müsse zwecks Ablaberns seines Frustes. Sozialtrottel, der er war, sagte er Lollo natürlich zu – obwohl doch heute sein ganz großer Tag sein würde.

Morgens um vier hätt's geendet, bestätigte er sich, kümmerlich in seinen Badezimmerspiegel lugend. Vielleicht war es auch erst halb zwei. Egal, wann immer, nach heftigem Saufen wachte er so und so wenige Stunden nach dem Abliegen wieder auf, unabhängig davon, wann es ihn ins Bett gehauen hatte. Wenn er früh in die Federn fiel, wachte er, nach drei, vier Stunden, früh wieder auf, wenn spät, dann drei, vier Stunden später. Die furchtbar kurze Kernschlafzeit blieb dieselbe, und auf jeden Fall fühlte er sich scheiße. So oder so.

Aber er würde es schaffen. Hundertundachtzig Liegestütze, nicht unbedingt am Stück, und ebenso viele Kniebeugen würden ihn schon wieder auf Vordermann bringen, damit er um elf fit sein würde für das Gespräch mit dem Manager der Großbrauerei. Ordentlich duschen und danach ordentlich frühstücken, das würde ihn aufmöbeln. Frische Klamotten anzuziehen, mit seriösem Touch natürlich, war Pflicht. Geschäftsleute achten auf so was.

Seinen Text kannte er auswendig, schon seit langer Zeit. Er musste den Manager unbedingt überzeugen. Wenn er das schaffen würde, wäre er ein gemachter Mann. Er wäre endlich finanziell unabhängig, wovon oder wozu auch immer.

Er knüppelte die Liegestütze nicht im Akkord runter, aber heftig durchaus. Nach fünfundzwanzig machte er kurz Pause, um fünfundzwanzig Kniebeugen dazwischenzuschieben. Er schwitzte schon wie ein Schwein. Genau richtig, klopfte er sich virtuell auf die Schulter.

Seine Katerausschwitzgymnastik absolvierte er stets bei rhythmischer Musik. Nicht bewegen müssen, sondern tanzen dürfen, rationalisierte er sich sein Schädelbekämpfungsprogramm zurecht.

Wegen der relativ lauten Musik, zu der er gymnastierte, überhörte er fast das Klingeln des Telefons. Die Sekretärin vom Manager war's! Ob er eine Stunde früher kommen könne, also schon um zehn!

Natürlich könne er das, er wär' fast schon unterwegs, log er. Dass nur noch eine Dreiviertelstunde war bis zum Termin, raffte er erst mal nicht. Aber dann um so schneller. Er sprang ins Bad und duschte gegen die Uhr. Der Vorteil war, dass die Verwaltung der Brauerei, dessen Manager auf seine, wie er fantasierte, ingeniöse Geschäftsidee neugierig geworden war, nur ein paar Minuten zu Fuß entfernt lag von seiner Wohnung. Er würde es auf jeden Fall schaffen, sogar relativ weitgehend entquollen. Und er beruhigte sich: Wie hätte der Manager denn wissen können oder sollen, wie er völlig unverkatert aussehen würde? Er wusste es ja selbst kaum noch.

Es war immer wieder beeindruckend, bestätigte er sich, wie Gymnastik, Duschen und frische Klamotten den Seelenjammer beheben konnten. Neunuhrvierzig stand er geschniegelt im Flur und legte letzte Hand an am Outfit. Für das Quantum Alkohol, das er nächtens verklappt hatte, sah er regelrecht blendend aus. Er konnte lügen, ohne rot zu werden.

Er zog die Tür hinter sich zu und schlenderte locker, dachte er, die Treppe runter. Das Wetter war prächtig, als er auf die Straße trat. Frühlingsduft, ein warmes Lüftchen und blauer Himmel empfingen ihn, er atmete kräftig durch und gleich ging es ihm noch viel besser.

Der Vogelschiss, es musste vom Kaliber her eine Möve gewesen sein, traf ihn am linken Ärmel. Von der Mitte abwärts bis fast zum Revers war er verdreckt, Weiß auf Schwarz, auffallender konnte es nicht sein. Er fluchte zum Himmel dem Dreckvieh hinterher. An einen Jackenwechsel war nicht mehr zu denken. Er hatte nur noch zehn Minuten Zeit für den knappen Kilometer zum Holstenbahnhof, an dem die Zentrale der Brauerei lag. Er kramte im Gehen ein Tempo heraus und noch eins und noch eins, bis der Schiss leidlich weggewischt und weggerubbelt war. Am besten wäre es, es war ja warm, wenn er die Jacke einfach ausziehen und locker über die Schulter werfen würde, damit man die Kackspur nicht sehen würde.

Fast hätte er noch einen Jugendlichen umgerannt, weil er immer wieder skeptisch zum Himmel blinzelte auf der Suche nach verdächtigem Federvieh. Leicht verschwitzt und etwas außer Atem erreichte er zehnuhrneunundfünfzig das große Eingangsportal des roten Backsteingebäudes, über dem der Schriftzug *Massenbräu* prangte. Punkt elf stand er vor der Empfangsdame. Er sagte brav seinen Namen und dass er mit Herrn Alt einen Termin habe, exaktamente jetzt. Die lesebebrillte Dame hinterm Tresen griff geschäftig zum Telefonhörer, drückte ein paar Nummern, stellte sich dem Menschen am anderen Ende der Leitung als Frau Gilde vom Empfang vor und gab durch, dass der Herr Karlsberg da sei. Sie legte auf und meinte, dass er flugs abgeholt werde, und er möge sich doch kurz setzen dort drüben in der Sitzecke.

Er sank in weiches Leder, war froh, kurz verschnaufen zu können, musste aber schon nach zwei Minuten wieder aufstehen, weil ihm eine Sekretärin erfreut entgegenstöckelte. Er sei also der Herr Karlsberg, sagte sie und streckte ihm die Hand zum Gruße entgegen. Dem sei durchaus so, erwiderte er mit breitem Lächeln, während er ihre Hand nahm. Sie hieße Beck, sei bei Herrn Alt zuständig für das Backoffice, es würde sie sehr freuen, ihn kennenzulernen nach den netten Telefonaten, die sie geführt hätten, und er möge ihr doch folgen – sprach's, drehte sich um und stöckelte voran in Richtung Fahrstühle. Sie war seine Altersklasse, vielleicht ein paar Jahre jünger, und seine Größe, vielleicht ein bisschen größer, und gefiel ihm ausnehmend gut: blondes, lockiges, halblanges Haar, hübsches Antlitz, intelligenter Gesichtsausdruck, Designerbrille und edles Tuch am wohlgeformten Körper.

Im Aufzug ging's in den obersten Stock, Chefetage. Pro Stockwerk wuchs seine Erregung. Die Sekretärin merkte es wohl und lächelte verschmitzt. Oben angekommen ging's links ums Eck durch eine große Glastür. Dahinter lag das Vorzimmer der Vorzimmerdame. Die Sekretärin stellte sie ihm als Frau Brinkhoff vor und sagte ihr, dass sie doch bitte Herrn Karlsberg melden solle. Danach verabschiedete sie sich mit erneut verschmitztem Lächeln und entschwand hinter einer der drei Türen, die vom Vorzimmer abgingen, nicht ohne ihm noch einen, imaginierte er, fast geheimnisvollen Blick durch den langsam sich schließenden Türspalt zuzuwerfen.

Er war von Becks berauschender Art ganz begeistert. Er ahnte, ihm schwante, er wusste, dass heute sein großer Tag werden würde.

Er drehte sich zur Vorzimmerdame um. Die legte gerade den Hörer auf und lächelte ihn an. Der Herr Alt lasse bitten, sagte sie – ein mütterlich wirkendes Modell fortgeschrittenen Alters in deutlich wahrnehmbarer Parfümwolke – und wies auf die Tür direkt hinter ihr.

Er klopfte kurz an, wartete das Hereinbitte ab und trat ein. Das geräumige, über eine breite Fensterfront lichtdurchflutete Büro war so edel wie modern eingerichtet. Am Schreibtisch saß ein schlanker Mann um die Vierzig im weißen Hemd, ohne Krawatte, mit markantem, nickelbebrilltem, dreitagebärtigem Gesicht, eingerahmt durch glatte, blonde, fast schulterlange Haare, hinter seinem Computerbildschirm und tippte eifrig etwas in die Tasten. Man möge sich doch bitte schon mal setzen, er sei gleich fertig, sagte er, ohne aufzuschauen.

Man setzte sich wie befohlen hin und wartete ab, froh, noch etwas auskühlen zu können. Alt war aber in der Tat gleich fertig, schob seinen Bildschirm etwas beiseite, kramte einen Brief von, wie sich zeigen sollte, seinem Gegenüber hervor und schien sich vergewissern zu wollen, wie der Mensch noch hieß, der ihm seine knappe Zeit stehlen wollte.

Er sei also der Herr Karlsberg, Edgar Karlsberg, wenn er recht lese. Erst jetzt guckte Alt Edgar mit interessiert desinteressiertem, aufgesetzt freundlichem Blick an. Er schien unter Druck zu stehen, Zeitdruck natürlich, dachte sich Edgar. Das ist halt so bei Managern.

Alt sei, er war ein schlechter Lügner, ja mächtig gespannt auf die geheimnisvolle Geschäftsidee von ihm, dem Herrn Karlsberg. Aber bevor er sie ihm erzähle, wolle er doch wissen, was er sonst so mache, ob er denn etwas mit dem Brauereigewerbe zu tun habe.

Edgar war noch gar nicht zu Wort gekommen und bedankte sich erst mal bei Alt für die Audienz, die er ihm gewähre, und die kostbare Zeit, die er ihm schenke.

Nein, mit dem Brauereigewerbe habe er, ehrlich gesagt, bislang nichts zu tun gehabt, maximal als treuer Kunde. Edgar lächelte verlegen und wich, als er merkte, dass er verfänglichen Stuss redete, schnell auf ein anderes Gleis aus. Also, er sei als freier Autor tätig in Sachen Politik, Ökonomie und Philosophie, was er studiert habe, schreibe aber auch Belletristik und arbeite zudem als freier Lektor. Aber von beidem könne er eher schlecht als recht leben. Deswegen müsse er immer wieder gucken, dass er irgendwie sonst an Geld komme. Und in diesem Zusammenhang sei ihm, auch aus seiner Perspektive als Ökonom, diese wunderbare Geschäftsidee gekommen.

Alt sah Edgar mit großen Augen an. Irgendetwas schien sein authentisches Interesse geweckt zu haben. Er fragte aber durchaus nicht nach Edgars scheinbar famoser Idee, sondern zunächst, fast schon etwas verstört, warum denn Edgar immer in der dritten Person von sich und anderen spreche und alles in indirekter Rede formuliere.

Edgar schmunzelte neckisch und meinte, das würde er öfter gefragt werden. Aber das sei nur ein Spleen, eine Schrulle von ihm. Obschon – es habe wohl auch etwas damit zu tun, dass einer seiner philosophischen Arbeitsschwerpunkte die Sprachphilosophie sei, der Zusammenhang zwischen Sprachstrukturen und Wirklichkeitsstrukturen. Zudem sei etwas kritische Distanz sich selbst gegenüber doch nicht schlecht in dieser Welt des Egoismus und der Egozentrik. Er würde sich zum Beispiel, wenn er nach seiner Größe gefragt werde, immer auch einen Zentimeter kleiner machen, als er wirklich sei, aus Protest gegen all die Wichtigtuer männlichen Geschlechts, die sich fast alle, das sei empirisch belegt, größer schätzten und machten, als sie faktisch seien. Außerdem habe ein junger Schriftsteller neulich mit einem Roman über zwei schrullige, alternde Wissenschaftler, der vollständig in indirekter Rede gehalten sei, nicht nur die belletristische Welt neu vermessen, sondern den vollen Reibach gemacht.

Ob der nicht Biermann hieße, fragte Alt dazwischen.

Nein, gab Edgar zurück, Biermann sei dieser gealterte Zonenbarde. Der könne maximal indirekt singen. Der mit der indirekten Rede sei der Kehlmann, obwohl natürlich auch dieser Name etwas mit dem Trinksport zu tun habe.

Edgar versicherte sich kurz, ob sein Witzchen angekommen sei. Dem schien so, und er redete weiter, indirekt. Was der Kehlmann auf jeden Fall schreibe, könne er, Edgar, schon lange reden, und das sei doch die eigentliche Kunst. Und voll der Gag sei's doch irgendwie auch. Oder?

Ach! Das sei ja interessant, meinte Alt, dem das mit dem Gag nur ans Ohr geschallt, aber irgendwie nicht ins Hirn gekrochen war. Er habe, sagte er vielmehr, selbst Politik und Philosophie studiert.

Und mit dieser Fächerkombination sei er, fragte Edgar sichtlich überrascht, in diese hohe Position bei *Massenbräu* geraten?

Na ja, Alt schien etwas beschämt zu sein. Eigentlich hätte er nach seinem Studium etwas ganz anderes machen wollen, die Welt verbessern und all so was. Aber sein Vater sei im Konzern ein hohes Tier gewesen, Kompagnon von Frerk Massen, dem Sohn des Firmengründers.

Ach, schob Edgar dazwischen, er habe bis jetzt immer gedacht, dass der Brauereiname sozusagen den Bezug zur angepeilten Zielgruppe zum Ausdruck bringen wolle, etwa so wie *Volkswagen* oder *Massenmord*.

Vom Umsatz her schon, meinte Alt stolz. Aber, und das wüssten die wenigsten und aus werbetechnischen Gründen solle es auch so bleiben, der Gründer der Brauerei habe einfach *Massen* geheißen, *Gottlieb Massen*.

Auf jeden Fall sei er nach dem Studium erst mal, auch um etwas Geld zu verdienen und anzusparen für spätere Projekte, die er eigentlich habe durchziehen wollen, bei Massenbräu gelandet – und bis heute, Alt sah etwas sehnsüchtig durch die hohen Fenster auf den weiten Himmel, hängen geblieben. Aber verlockend sei so eine Stelle halt doch. Alt spielte leicht verlegen mit seinem Füller, stellte aber gleich, er wollte wohl ablenken, forschfreundlichen Tones fest, nun wolle man doch mal zur Sache kommen, zu seiner, Karlsbergs sagenumwobener Geschäftsidee. Alt schien inzwischen wirklich interessiert zu sein.

Edgar ruckelte sich etwas auf seinem Stuhl zurecht, hüstelte kurz und meinte, dass er zunächst – er sei ja ganz und gar kein Geschäftsmann und ganz unerfahren in solchen Sachen –, dass er also vorab, bevor er seine Geschäftsidee äußere, sagen müsse, dass er diese Idee schon habe patentieren lassen. Er, Alt, möge das verstehen und nicht als Misstrauen interpretieren oder gar beargwöhnen.

Nein, ganz und gar nicht, das könne er völlig verstehen, meinte Alt, und wischte Edgars Bedenken gleichsam mit der Handbewegung eines Patentamtsangestellten dritten Grades vom Tisch. Er schien jetzt richtig gespannt zu sein. Alt hatte wohl irgendeinen Irren, Hochstapler oder sonstwie Perversen erwartet. Aber Edgar schien ihm ein ganz patenter Mensch zu sein, abgesehen von seinem kleinen Tick mit der indirekten Rede. Doch irgendwie gefiel ihm diese Grille auch.

Also, Edgar hob ein zweites Mal an, wusste aber nicht, ob es klug wäre, jetzt einfach sein Ideenkleinod mit wenigen schnöden Sätzen zu äußern. Ihm schien einleitend notwendig zu sein, darauf hinzuweisen, und das tat er dann auch, dass er, Alt, nicht meinen solle, er, Edgar, sei ein Irrer, Hochstapler oder sonstwie Perverser, wenn er gleich seine Geschäftsidee darstelle. Sie klinge womöglich und in der Tat erst mal nach dem hellen Wahnsinn. Aber mit welchen Verrücktheiten hätten manche nicht schon Multimillionen verdient? Wer hätte zum Beispiel gedacht, dass man den Leuten kleine Gummistreifen verkaufen könnte, auf denen sie dann wie blöd herumkauten auch dann noch, wenn das bisschen Geschmack, das sie anfänglich enthielten, nach einer Minute schon flöten gegangen sei? Gerade auf dem Getränkemarkt habe sich doch eine mächtige Vielfalt von neuen Getränkekreationen breitgemacht, die man vor noch nicht allzu langer Zeit maximal als Flüssigdünger oder Kühlmittel verkauft hätte. Manche davon seien mächtig *in*, wie er, Edgar, ihm, Alt, ja gar nicht sagen brauche. Er solle nur an den Verkaufserfolg dieser Germanen-Cola denken.

Alt runzelte die Stirn. Das Gesöff lief in der Tat wie blöd. Leider hatte es nicht sein Konzern auf den Markt gebracht.

Nun, seine, Edgars, Idee gehe in eine ähnliche Richtung. Nur sei sie noch etwas verrückter als die Idee mit der braunen Teutonen-Brause. Also, Edgar beugte sich etwas nach vorne und sah Alt eindringlich an, seine Idee sei nun die folgende: Seine, Alts Brauerei, solle eine, nein: zwei, nein: eigentlich doch nur eine neue Biersorte auf den Markt bringen, aber unter zwei verschiedenen Namen. Es müsse noch nicht mal eine wirklich neue Biersorte sein, also ein wirklich neues Gebräu. Es könne auch ein schon in Produktion, um nicht zu sagen: in Brau befindliches Bier sein, das aber unter neuem Namen, nein: eben unter *zwei* neuen Namen auf dem Markt käme.

Alt schien wenig bis nichts zu begreifen.

Edgar entging Alts zu einem großen Fragezeichen geformtes Gesicht keineswegs. Er rückte noch etwas näher.

Also, das sei eben der Clou: *Ein* Bier würde unter *zwei* Namen verkauft werden in *einer* Kiste oder, wahlweise, aus *einer* Zapfanlage. Edgar betonte seine Worte mit erhobenem Zeigefinger. Nur stünde eben auf der einen Hälfte der Flaschen der eine Name und auf der anderen Hälfte der andere. Analog wäre es bei Gläsern für gezapftes Bier. Vor den Augen der Kundschaft, der Zecher an der Bar und vor der Zapfsäule würde aus *einem* Zapfhahn Bier in *zwei* verschieden beschriftete und womöglich gar geformte Gläser gezapft werden.

Alt sah Edgar an, als ob ihm gerade jemand von hinten ins Weichteil gegriffen hätte.

Auch diese Gemütsregung war Edgar natürlich nicht entgangen. Er legte sich jetzt mächtig ins Zeug, war ganz bei der Sache und sprühte nur so vor Enthusiasmus. Seine Idee sei also, dass die eine Hälfte der Bierflaschen in der Kiste *Luxus* heißen solle und die andere *Stoff*. Die Etiketten sollten schwarz sein und es sollte vorne nichts anderes draufstehen als eben einmal *Luxus* und einmal *Stoff*. *Luxus* müsse in goldenen Lettern geschrieben sein und *Stoff* in weißen. Weiß auf Schwarz, das sehe nämlich so ein bisschen nach Piratenflagge aus und erinnere an den 1. FC St. Pauli. Das Bier solle auch genau diesen Markt bedienen, also in linksalternativen und anderen In-Vierteln und Szenelokalitäten verkauft werden, nicht nur in Hamburg.

Und der Witz sei eben, dass ganz klar sei, dass das Bier, das in den verschieden etikettierten und benannten Flaschen stecke, völlig identisch sei. In der Werbung könne man das nonchalante und quasi beiläufig, aber mit deutlichem Augenzwinkern herausstellen. In einem Werbespot, der ihm vorschwebe, könnte etwa ein Punker in einen Kiosk im Hamburger Schanzenviertel schlürfen und kratzstimmig heiser eine Pulle *Stoff* bestellen, was sonst. Gleich hinter ihm käme ein junger Bankertyp herein, den es am Wochenende, dann natürlich im Freizeitdress, in *das* angesagte Hamburger Szeneviertel gezogen hat, um dezent und cool ein *Luxus* zu ordern.

Vor dem Kiosk könnte der Punker dann den Bankertypen grimmig anschnoddern, dass er sich doch verpissen solle nach Pinneberg, Bergedorf oder Harburg, wo er bestimmt herkomme. Er würde hier nämlich völlig die Preise und Optik versauen und die Mieten treiben. So was wie ihn hätte man früher mit Pflastersteinen erledigt. Er könne ihm aber auch gerne seine Pulle *Stoff* rüberziehn, obwohl, die sei viel zu schade für ihn.

Der Bankertyp, in der Meinung, der Punker mache nur derben Spaß und spiele halt seine adäquate Rüpelrolle, müsse völlig begeistert reagieren über so viel Authentizität und dem Punker freudig sein *Luxus* zum Anstoßen entgegenstrecken. Genau das habe er gesucht in diesem irren, coolen, revolutionären Viertel. Authentische Eingeborene! Wunderbar!

Der Punker würde den Bankertypen angucken wie einen Marsmenschen und mit seinem *Stoff* in der Hand panisch, die ersten Schritte entgeistert rückwärts stolpernd, das Weite suchen.

Wäre das nicht eine irre Idee für einen Spot? Und sei das nicht eine völlig abgefahrene Geschäftsidee? Die Sache würde bestimmt laufen wie Bier aus dem Zapfhahn bei der Kirmes. Er spüre es. Er wisse es. Er selbst würde zukünftig nur noch *Stoff* trinken und vielleicht an Feiertagen mal ein *Luxus*. Edgar setzte sich in seinen Stuhl zurück und sah Alt erwartungsvoll und ganz aufgeregt an.

Alt saß da und war sprachlos. Einen solchen Krampf schien er noch nicht gehört zu haben. Das Fragezeichen in seinem Gesicht war inzwischen fett, kursiv und unterstrichen. Seine Augen waren groß wie runde Bierdeckel und kurz vorm Herausfallen. Seine Lippen waren gerade noch geschlossen, aber sein Unterkiefer hing weit herab.

Er saß so quälend lange Sekunden und starrte seinen Gegenüber regungslos an, dem die Sache immer unheimlicher wurde, zumal Edgar meinte, plötzlich leichte Zuckungen in Alts Gesicht wahrnehmen zu können. Auch schien seine Gesichtsfarbe langsam, aber deutlich von Anämischaschgrau nach Puterrotblau zu wechseln. Alts Halsadern schwollen bedrohlich an, seine weit aufgerissenen Augen fingen an zu glänzen und füllten sich mehr und mehr mit Tränen. Merkwürdige Kratz-, Grunz- und Gluckslaute entfuhren seiner Nase.

Edgar bekam es mit der Angst zu tun. Er hatte noch nie einen erlebt, aber bestimmt müsse so ein epileptischer Anfall beginnen. Vielleicht bekam Alt auch gerade einen Herzinfarkt. Oder womöglich war er Spastiker.

Alt schlug sich plötzlich beide Hände vors Gesicht. Die durch die Fingerritzen gepressten Töne aus Nase und Mund wurden immer stärker und lauter. Wahrscheinlich hatte er, dachte sich Edgar, eine heftige Schmerzattacke, eine Gallenkolik womöglich, die spontan in einen Weinkrampf umschlug, der arme Mann.

Edgar sprang auf, lehnte sich über den breiten Schreibtisch, und fragte aufgeregt, ob er ihm, Herrn Alt, helfen könne, was er denn habe, was denn los sei, ob er Hilfe rufen solle.

Alt schlug umvermittelt mit seiner flachen Rechten auf den Tisch, während er sich die Linke weiter ins Gesicht presste. Edgar wich erschrocken zurück. Ein mächtig anschwellendes Wiehern durchzuckte Alts Körper. Er konnte sich nicht mehr zurückhalten. Er prustete heraus. Entschuldigung, Entschuldigung, ertönte es zwischen den Lachsalven, es täte ihm so leid, Entschuldigung, aber so einen Irrsinn hätte er noch nie – und er konnte nicht weiterreden.

Edgar stand da wie belämmert. Er sah jetzt ähnlich aus wie Alt gerade eben, als er noch bierdeckelgroße Augen hatte. Alts vor allem nonverbaler Kommentar auf seine Geschäftsidee war eindeutig und überdeutlich. Edgar nahm seine bekackte Jacke, machte kehrt und verließ niedergeschlagen den Raum. Er durchquerte im Vorzimmer Brinkhoffs Parfümwolke und machte sich aus dem Staub.

Zweiter Geschäftskontakt

Edgar trottete gesenkten Hauptes nach Hause. Fast an der gleichen Stelle wie vorhin, auf der Höhe eines Supermarktes in der Stresemannstraße, vor dem fast immer eine Truppe Punker herumlungerte, bettelte und sich volllaufen ließ, prallte er wieder mit dem Jugendlichen von vorhin zusammen. Der entschuldigte sich höflich wie beim ersten Mal, obwohl, wie Edgar dachte, eigentlich seine eigene Unachtsamkeit, den Blick mal zum Himmel, mal zu Boden gerichtet, zu beiden Zusammenstößen geführt hatte. Der Jugendliche ging weiter, Edgar auch. Nach ein paar Schritten schlug Edgar sich unwillkürlich Höhe Herz auf die Jacke. Er hatte sie wieder angezogen, Schiss hin, Schiss her. Seine Brieftasche war weg! Edgar sprang auf der Stelle um hundertachtzig Grad um die eigene Achse. Auch der Jugendliche war weg!

Edgar bekam einen Wutanfall. Er drehte sich, die Fäuste halb gen Himmel gestreckt, im Kreise und brüllte ein kräftiges *Scheiße* in den Äther. Ein Passant nickte zustimmend und meinte, diese Möven hätten sich zu einer richtigen Plage entwickelt. Edgar sah ihn mit wirren Augen an, warf einen kurzen Blick auf sein bekacktes Revers, schlug sich mit der flachen Rechten laut hörbar auf die Stirn und ging forcierten Schrittes nach Hause.

Das Klingeln des Telefons war schon zu hören, als er die letzten Treppen hoch geastet kam. Er schloss schnell die Wohnungstür auf und griff zum Hörer. Es war Lollo, er müsse dringend mit ihm sprechen. Die Biggi habe ihn gerade verlassen. Er habe genau das gemacht, was ihm Edgar gestern empfahl. Und jetzt habe er den Salat.

Edgar hörte sich Lollos Lamentieren wortlos an. Nach mehreren Minuten fragte Lollo, ob er, Edgar, überhaupt noch am Apparat sei. Edgar wollte schon losbrüllen, dass ihm Lollos Drecksbiggi völlig scheißegal sei, dass er jetzt ganz andere Sorgen habe, aber er konnte sich gerade noch abfangen. Ja, es täte ihm ja mächtig leid, aber er habe gerade den Kopf voll mit anderen Sachen, vom Restalkohol ganz abgesehen. Mit seiner Geschäftsidee, von der er ihm gestern kurz erzählt habe, sei er eben gehörig baden gegangen, eine Möve hätte ihn beschissen und sein Portemonnaie hätten sie ihm auch gerade gestohlen. Er hätte große Lust, den Rest des Tages in einem Biergarten zu sitzen an diesem eigentlich wunderschönen ersten Frühlingstag des Jahres und sich zu betrinken. Nur müsse er, Lollo, ihm etwas Geld pumpen, bis er eine neue Scheckkarte habe. Ihm graule davor, jetzt auch den ganzen anderen Mist aus seiner geklauten Brieftasche wieder besorgen zu müssen. Außerdem müsse er, falle ihm gerade siedend heiß ein, gleich bei seiner Bank anrufen zwecks Sperrung seiner Scheckkarte. Er rufe gleich zurück. Lollo könne sich ja schon mal Gedanken machen, ob er Lust habe mitzukommen, vielleicht an den Hafen, dann könnten sie sich gegenseitig ihr Leid klagen.

Lollo meinte, das sei keine schlechte Idee, er habe sich für heute krankgemeldet im Amt und könne so und so nichts Vernünftiges auf die Reihe kriegen in seinem Zustand. Er erwarte also gleich Edgars Rückruf.

Edgar legte auf und griff sich an die Stirn. Er erledigte den Bankanruf, ließ sich in seinen Lesesessel fallen und schüttelte verzweifelt den Kopf. Was für ein Tag!

Das Telefon klingelte erneut. Edgar kannte die Nummer nicht, die auf dem Display erschien. Lollo konnte es also nicht sein. Er ließ es noch eine Weile klingeln, unschlüssig, ob er abheben sollte. Der Anrufbeantworter sprang an. Er hörte Becks Stimme! Wie von der Tarantel gestochen griff er zum Hörer und wollte schon seine heftige Freude über ihren Anruf bekunden. Er spielte aber spontan den geschäftig Coolen. Jabitte und was es denn gebe.

Beck hob an, nachdem sie sich nochmals vorgestellt hatte, dass der Herr Alt um Verzeihung bitte wegen des kleinen Missverständnisses, das es vorhin gegeben habe. Er hätte ja gerne selbst angerufen, aber dringend in eine Vorstandssitzung gemusst. Er melde sich später.

Ja, das sei doch mal was, antwortete Edgar, er habe so und so damit gerechnet, dass die Raffinesse seiner Geschäftsidee sich erst auf dem zweiten, wenn nicht dritten Blick offenbare. Und außerdem habe er Alts erste Reaktion gar nicht als Missverständnis empfunden, sondern als verständlichen Ausdruck anfänglicher Zurückhaltung und Verwunderung gegenüber einer derart außergewöhnlichen Idee. Und schließlich habe ihn, Edgar, natürlich auch überaus gefreut, Sie, die Frau Beck, kennengelernt zu haben. Und noch mehr würde ihn freuen, wenn er sie zufällig mal im Viertel treffen würde. Er schlage morgen Spätnachmittag vor für ein zufälliges Treffen in einem der vielen Straßenetablissements im Schanzenviertel, das läge ja gleich um die Ecke von ihrer Arbeit.

Alts Sekretärin schien etwas verwirrt ob Edgars forscher Offerte, druckste kurz und meinte, sie müsse erst mal gucken, ob sie denn könne, und er, der Herr Karlsberg, sei ja ein ganz Schneller und sie fühle sich auch etwas überrannt.

Ja, versuchte Edgar, noch immer coolen Tonfalls, zu imponieren, nicht nur im Geschäftsleben müsse man Gelegenheiten beim Schopfe packen. Es sei ja sonst nicht so draufgängerisch, aber sie, die Frau Beck, habe ihm spontan so gut gefallen, dass er einfach mal mutig sei und alle diplomatische Etikette beiseiteschiebe.

Nun ja, kicherte sie in den Hörer, sie könne, wie gesagt, leider noch nicht zusagen, rufe aber in nächster Zeit zurück.

Edgar gefiel Becks Kichern ungemein und er war sich sicher, in ihm eher Zustimmung als Ablehnung herausgehört zu haben. Würde ihn sehr freuen, gab er zurück und erwiderte ihren Abschiedsgruß.

Edgars eben noch stockdüstere Stimmung war wie weggewischt. Er stand am Fenster, öffnete es sperrangelweit, nahm ein paar kräftige Züge warmer Frühlingsluft und strahlte in den strahlend schönen Tag hinein.

Das Telefon klingelte. Es war Lollo. Wo denn Edgars Rückruf bleibe.

Ja, entschuldigte sich Edgar, er habe ja wollen, aber gerade noch ein wichtiges geschäftliches Telefonat absolvieren müssen. Es sei auch überaus erfolgreich verlaufen und er habe jetzt richtig Lust, einen zu heben. Ob er, Lollo, denn nun mitkomme auf ein oder zwei Hefeweizen in die Sonne. Er würde ihn auch einladen, vorausgesetzt, dass er ihm vielleicht fünfzig Euro pumpe, bis er eine neue Scheißkreditkarte habe.

Gerade, gab Lollo zurück, habe er noch ein paar Biere trinken wollen, weil es ihm so schlecht gegangen sei, und jetzt plötzlich dieser Stimmungsumschwung.

Ja, Edgar kratzte sich am Kopf, während er antwortete, ein gutes Hefeweizen in lauer Frühlingsluft munde doch immer, ob nun bei schlechter oder guter Laune. Und außerdem könne er ihn, Lollo, so auch viel besser aufmöbeln. Also, was nun sei?

Lollo stimmte etwas kleinlaut zu, er machte sich wohl Gedanken um die fünfzig Euro. Pumpen hieß bei Edgar de facto immer Kredit auf Nimmerwiedersehen. Um eins sei er vorm Portugiesen gegenüber der Roten Flora, wo sie neulich schon mal gesessen seien. Zum Hafen sei es ihm im Moment zu weit.

Okay, meinte Edgar, so sei es ihm auch lieber, und legte auf.

Es klingelte an der Tür. Heute war irgendwie der Teufel los. Edgar öffnete. Ein junger Punker stand im Treppenhaus und streckte Edgar eine Brieftasche entgegen – Edgars Brieftasche. Die habe er eben auf dem Bürgersteig gefunden. Auf der Suche nach dem Namen des Besitzers habe er natürlich reingucken müssen und beides, Name und Adresse, auch gleich gefunden. Und da er um die Ecke in der Stresemannstraße gewesen sei, wollte er sie ihm auch gleich vorbeibringen. Das verstehe sich doch von selbst, sagte der Punker. Ihm sei auch schon mal seine Brieftasche abhanden gekommen. Sei ein riesen Aufwand, an den ganzen Scheiß, mehrere Kreditkarten, diverse Scheckkarten, Personalausweise und Pässe und so weiter, wieder heranzukommen. Er habe aber auf der Suche nach dem Namen des Eigners der Brieftasche gesehen, dass in der Brieftasche von ihm, dem Herrn Carlsberg ...

... Karlsberg mit K bitte, korrigierte Edgar ...

... Entschuldigung, klar doch, vom Herrn Karlsberg mit K allem Anschein nach noch alles drin sei. Nur Geld habe er keines gefunden. Der Punker sah betrübt drein und streckte Edgar das Lederteil erneut hin.

Edgar nahm die Brieftasche freudig entgegen und durchwühlte sie sofort. In der Tat war noch alles drin, sogar die Scheckkarte. Er musste mit seinem Bankanruf schneller gewesen sein als der Taschendieb mit der Karte am Geldautomaten, dachte sich Edgar zunächst. Gleich darauf viel ihm aber ein, dass auch er gestern vergeblich versucht hatte, damit Geld abzuheben. Bis zum Ersten war noch etwas hin. Er war mächtig pleite.

Edgar sah den Punker so betrübt an wie der ihn. Es täte ihm ja schrecklich leid, meinte Edgar, aber er könne ihm jetzt leider gar keinen Finderlohn geben, da ihm ja das ganze Geld abhandengekommen sei, Hunderte von Euros.

Hunderte von Euros seien da drin gewesen, fragte der Punker erstaunt nach und warf einen skeptischen Blick zunächst auf die Brieftasche und dann auf Edgar. Er schien über irgendetwas nachzudenken. Leichter Furor leuchtete plötzlich aus seinen ansonsten etwas fahlen, bierglasigen Augen, als ob er irgendjemandem etwas heimzahlen wollte.

Ja, Hunderte, und er habe auch sonst keinen einzigen Cent im Hause. Edgar kramte wie zum Beweis erfolglos in seinen Hosentaschen herum.

Der Punker hatte sich gleich wieder gefangen, senkte traurig den Blick und stülpte die Unterlippe hoch.

Aber er würde da, falle ihm gerade ein, ein anderes kleines Dankeschön haben! Edgar eilte in die Küche, nahm zwei Flaschen Bier aus dem Kühlschrank und reichte sie gleich darauf dem Punker.

Der strahlte Edgar seine Zahnlücke entgegen, kokettierte, das sei doch aber gar nicht nötig gewesen, machte kehrt und entschwand.

Edgar schloss zuerst die Tür und dann die Augen, drückte Daumen und Zeigefinger seiner Rechten gegen die Nasenwurzel und kam nach einigem Überlegen und Rechnen zu dem Schluss, dass der Verlust von etwas mehr als sechs Euro ganz und gar kein Grund sei, sich diesen wunderschönen Tag versauen zu lassen.

Dritter Geschäftskontakt

Der erste schöne, warme Frühlingstag des Jahres kam so unverhofft, dass noch viele Plätze auf der Piazza am Schulterblatt, der zentralen Straße in Hamburgs Schanzenviertel, frei waren. Die Wirte der sieben, acht Kneipen und Restaurants, die sich gegenüber der Roten Flora –

dem knallgelben, schummrig schönen, über und über mit politischen Parolen bemalten, von Autonomen besetzten klassizistischen Bau mitten in Hamburgs angesagtem Amüsierviertel – entlangreihten, hatten zwar schon alle Biertische und Bänke herausgestellt. Richtig voll würde es aber erst am späteren Nachmittag werden mit dem Anrücken des Feierabendpublikums.

Edgar setzte sich beim verabredeten Portugiesen an einen Biertisch, lehnte sich mit dem Rücken an das große Ladenfenster und ließ sich die Sonne aufs Haupt brennen. Dem beschürzten freundlichen alten Mann, der gleich darauf zur Aufnahme der Bestellung herauskam, gab Edgar ein helles Hefeweizen in Auftrag.

Die Frühlingsstimmung, die lauwarme Luft, der strahlende Sonnenschein, die gemächlich hin und her flanierenden Menschen – es war einfach wunderbar. Edgar streckte die Beine aus und nahm bald darauf selig sein kühles Bier entgegen.

Ein Blick auf sein Handy belehrte Edgar, dass es schon Viertel nach eins war. Wo blieb Lollo, der grundsätzlich Überpünktliche? Edgar fiel ein, dass er gar kein Geld im Portemonnaie hatte, und wurde etwas unruhig.

Aber im gleichen Augenblick schoss Lollo um die Ecke und setzte sich aufgeregt neben Edgar. Er strahlte über alle vier Backen und legte gleich los: Edgar würde nicht erraten, was eben passiert, warum er, Lollo, zu spät gekommen sei. Es sei der Hammer. Gerade sei er am Schanzenbahnhof vorbeigefahren mit dem Rad, da hätte sein Handy geklingelt. Und ob er, Edgar, wisse, wer dran gewesen sei?

Edgar schwante es.

Das würde er nie erraten – die Biggi! Sie habe sich unter Tränen entschuldigt für die übereilte Trennung und ihm, Lollo, gesagt, sie wolle wieder mit ihm zusammen sein. Gebettelt habe sie fast. Er habe sich erst mal etwas Bedenkzeit auserbeten und den schwer Verletzten, nein: den Coolen raushängen lassen. Er habe alles genau so gemacht, wie er, Edgar, ihm gestern Nacht dringend geraten habe – und alles sei genau so gelaufen, wie von ihm, Edgar, vorausgesagt!

Lollo packte Edgar freudestrahlend bei den Schultern und schüttelte ihn zum Dank kräftig durch.

Edgar, nachdem Lollo von ihm abgelassen hatte, log vor, dass er sich aber mächtig freue, und überlegte dann, was er Lollo des Nachts und trunkenen Schädels wohl empfohlen hatte. Er wusste es nicht mehr so recht, aber wahrscheinlich, was er Lollo auch nüchtern empfohlen hätte: dass er seine Biggi, diese esoterische, schwatzbasige, oberempfindliche Nervtante, endlich zum Teufel jagen soll.

Lollo redete wie ein Wasserfall. Zum Frühstück habe er der Biggi endlich mal gesagt, dass ihm ihr esoterisches, schwatzbasiges, oberempfindliches Generve ordentlich auf den Senkel gehe. Sie sei empört aufgesprungen und habe stante pede Schluss gemacht mit ihm. Und vor zwanzig Minuten dann dieser reumütige Anruf! Ha!

Lollo griff dem Kellner das Hefeweizen vom Tablett, noch bevor der es ihm kredenzen konnte, und stieß damit so heftig gegen Edgars auf dem Tisch stehendes Glas, dass der es nur mit schnellem Griff vorm GAU retten konnte. Heute sei, fuhr Lollo fort, einfach ein schweinegeiler Tag und von ihm aus könnten sie heute hier in der Sonne sitzen bleiben, bis selbige untergehe. Lollo trank sein Bier mit wenigen Zügen zur Hälfte leer, lehnte sich wie Edgar mit dem Rücken gegen das Fenster und richtete seinen Blick in Richtung Piazza und der vorbeilaufenden Menschen. Was für ein oberschweinegeiler Tag heute sei, bekräftigte er und streckte wie Edgar die Beine von sich.

Man saß so kurze Zeit und trank still vor sich hin.

Was für ein erfolgreiches geschäftliches Telefonat Edgar vorhin denn geführt habe? Und welche Geschäftsidee davor baden gegangen sei? Als der Kellner die zweite Runde brachte, fand Lollo wieder zu alter Geschwätzigkeit zurück, aufgeregt, wie er noch immer war. Er könne sich nur noch nebulös an Edgars Geschäftsidee erinnern, die er ihm nächtens kurz erzählt habe. Die Sache mit Biggi sei ihm derart durch den Kopf gegangen, dass er gar nicht recht habe zuhören können.

Edgar nahm einen kräftigen Schluck aus seinem Glas und erzählte Lollo seine Geschäftsidee so detailliert, wie er sie heute Morgen Alt erzählt hatte – nur dessen Reaktion schilderte Edgar in leichter Abwandlung. Alt habe sich sehr interessiert gegeben und etwas Bedenkzeit ausbedungen. Das habe ihm vorhin auch noch mal seine Sekretärin, eine tolle Frau übrigens, am Telefon bestätigt.

Die habe noch mal angerufen, um eine Bedenkzeit ihres Chefs zu bestätigen? Lollo fragte etwas ungläubig.

Ja, parierte Edgar, das hätte ihn zunächst auch gewundert, aber er habe gleich gemerkt am Telefon, dass die Beck, so heiße sie, auch noch was anderes im Schilde führe.

Lollo fragte neugierig, was das denn sei.

Nun, er könne es auch so formulieren: Schon für morgen hätten sie sich zu einem Feierabendbier verabredet! Edgar zwinkerte diebisch mit den Augen.

Das würde, Donnerwetter, aber heftig abgehen bei ihm, dem Edgar, meinte Lollo und prostete ihm zu. Und was seine Geschäftsidee beträfe – er habe zwar zunächst wohl etwas skeptisch dreingeschaut, gerade eben, als Edgar sie ihm geschildert habe. Aber verrückt sei sie schon und er habe irgendwie das Gefühl, dass das was werden könne.

Genau dieses Gefühl habe er auch, pflichtete Edgar bei. Wichtig sei nicht nur das Produkt selbst, das selbstironische, spöttische Spiel mit dem ganzen Markenschwachsinn und Modekonsumblödsinn, wichtig sei auch die Markteinführung. Es müsse ein Event, ein Happening sondergleichen werden, etwas, woran man sich noch lange Zeit erinnern würde. Ihm fehle aber noch die zündende Idee. Auf jeden Fall müsse es am Hafen oder hier im Schanzenviertel stattfinden und ein mördermäßiger Knaller werden.

Ein Punker lief leicht schwankenden Schrittes vorbei, grüßte Lollo mit krächzender Stimme und salutierte dabei mit seiner Bierflasche. Er wünsche ihm, dem Herrn Diebels, guten Durst und er freue sich schon auf das nächste Treffen im Amt.

Lollo, er arbeitete in der Sozialbehörde, streckte dem Punker sein Hefeweizen entgegen und grüßte zurück. Schönen Tag wünsche er ihm und er, der Herr König, solle aber beim nächsten Mal nicht wieder den Räumungsbefehl vergessen.

Nie und nimmer, er werde gleich seine ganze Bude auf den Kopf stellen, um ihn zu finden, gab der Punker zurück und schwankte von dannen.

Also, die Idee mit dem Werbespot, die er ihm eben erzählt habe, sei schon mal sehr gut, meinte Lollo, nun wieder an Edgar gewandt. Aber ein TV- oder Kinospot ersetze ja nicht ein Event, ein Happening. Vielleicht würde es sinnvoll sein, einfach das jährlich stattfindende Straßenfest hier im Schanzenviertel zu nutzen für die Markteinführung. Das Event, das Happening würde es in diesem Falle sozusagen frei Haus geben.

Ja, daran habe er auch schon gedacht, meinte Edgar und verzog skeptisch die Lippen. Aber die Initiatoren des Fests lehnten kommerzielle Verkaufsstände ab, und das sei ja eigentlich auch gut so, sonst habe man gleich wieder diesen ganzen Kommerzdreck im Viertel wie bei vielen anderen Straßenfesten inzwischen auch. Wieder verzog Edgar die Lippen. Das Schanzenfest würde den genau richtigen Background liefern, aber irgendwie müsse man die Sache anders deichseln.

Na, das seien aber auch alles noch ungelegte Eier, meinte Lollo. Vielleicht sollte man das Bier erst mal brauen, bevor man es verkaufe.

Da habe er wohl recht. Edgar verschränkte die Arme hinter den Kopf und starrte in den blauen Himmel. Er sah einen großen Heißluftballon langsam vorbeifliegen. Auf dem Ballon prangte das Logo einer großen deutschen Bank: ein blaues, ein Koordinatensystem stilisierendes Quadrat, dem eine blaue gerade Linie von rechts oben nach links unten, den Geschäftsgang des Unternehmens symbolisierend, eingeschrieben war.

Edgar schoss eine Idee durch den Kopf und er zuckte regelrecht zusammen. Er warf Lollo einen begeisterten Blick zu und packte ihn bei den Schultern wie der vorhin ihn. DAS sei es! DAS sei es!

Noch bevor Lollo nachfragen konnte, was DAS denn sei, bestellte Edgar beim vorbeigehenden Kellner eine dritte Runde.

Ob DAS denn nicht eine etwas zu große Biermenge werden könne so am helllichten Tage, gab Lollo zu bedenken.

Wenn er erst seine fantastische Idee vernommen habe, die ihm gerade ins Hirn geballert sei, würde er gleich verstehen, warum die gefeiert werden müsse. Edgar wollte gerade ansetzen, sie zu erzählen, da schoss ihm schon der nächste Einfall durchs Denkorgan. Er sah an Lollo vorbei auf die Rote Flora. Er erinnerte sich an die Punker vor dem Supermarkt, an den Punker vorhin vor seiner Wohnungstür und auch an Herrn König mit dem Räumungsbefehl. Jetzt habe er alles beisammen! Genau so müssten sie es machen!

Diesmal griff Edgar dem Kellner die beiden Hefeweizen vom Tablett, bevor der seines Amtes walten konnte, gab eines Lollo und trank aus seinem eigenen einige schnelle, kräftige Schlucke. Er merkte, dass er so langsam einen kleinen Schwips in der Krone hatte. Aber er war viel zu aufgeregt, um dem irgendeine Bedeutung beizumessen.

Also, dozierte Edgar, und hob den Zeigefinger, um die Bedeutsamkeit seiner Worte und seiner, wie er meinte, genialen Event-Idee zu unterstreichen – als sein Handy klingelte. Er guckte wirren Blickes auf das Display. Irgendwie kam ihm die Nummer bekannt vor. Er nahm an, schmetterte ein knappes, zackiges Jabitte ins Mikrofon – und hörte Becks Stimme! Edgar fuhr zusammen, schnellte aus seiner Lungerhaltung in den Gouvernantensitz und versuchte möglichst artikuliert zu sprechen. Beck durfte auf keinen Fall seine schon etwas schwere Zunge bemerken.

Ja, sie habe seine Handy-Nummer in seiner letzten E-Mail gefunden und erlaube sich, sie zu nutzen, weil sozusagen zeitlich alles sehr knapp sei.

Aber immer doch, keine Ursache, wie denn anders, er würde sich immer freuen, ihre Stimme zu hören. Edgar sprach klar und deutlich, er riss sich mächtig am Riemen, aber etwas überakzentuiert.

Nun, sie könne morgen leider nicht …
Na, das sei aber schade!
Aber heute!
Heute? Ja wann denn, und wie spät es jetzt denn sei? Edgar war aufgeregt wie ein kleiner Junge.

Es sei jetzt halb drei und sie könne um halb fünf im Viertel sein.

Ja, wunderbar, halb fünf sei abgemacht, er schlage den Portugiesen gegenüber der Roten Flora vor, ob das so recht sei?

Die Beck versicherte ihm, dass es so recht sei, verabschiedete sich und legte auf.

Edgar sah Lollo mit großen Augen an. Er sei schon halb besoffen. In zwei Stunden habe er das erste Rendezvous mit dieser tollen Frau. Was solle er nur machen?

Vierter Geschäftskontakt

Sechzehn, siebzehn, achtzehn, neunzehn, zwanzig – noch zwei Zwanzigerblöcke, dann hatte er hundert Liegestütze voll. Zwischendrin absolvierte er jeweils zehn Klimmzüge an der Reckstange, die er sich zwischen die Türpfosten seines Büros installiert hatte, und zehn Kniebeugen. Eine halbe Stunde gab es sich Edgar volle Kante. Dann hüpfte er das zweite Mal an diesem Tag unter die Dusche.

Er solle doch einfach sein Standardkaterbekämpfungsprogramm durchziehen, hat Lollo Edgar geantwortet, als der ihn nach dem Telefonat mit der Beck gefragt hatte, was er denn mit den drei Hefeweizen im Schädel nun tun solle, um wieder klar und frisch und fit zu sein für die Beck. Aber sein Standardkaterbekämpfungsprogramm habe er doch schon heute Morgen durchgezogen vor dem Treffen mit Alt, hatte Edgar entgegnet. Na, wenn er zwei Mal am Tag aufs Klo müsse, würde er doch auch einfach zwei Mal gehen und nicht erst Freunde fragen, ob er den Lokus auch beim zweiten Darmdrücken frequentieren soll, hatte Lollo zu bedenken gegeben.

Dieser Logik hatte Edgar sich nicht verschließen können, Lollo noch um die fünfzig Euro gebeten und auch um Verständnis dafür, dass er jetzt gleich losmüsse, und war dann Richtung Armandastraße geeilt, wo er wohnte.

Es war kurz vor vier, als er sich angezogen hatte. Edgar ging in sein Büro und stellte den Rechner an, um seinen E-Mail-Posteingang zu überprüfen. Im Vorbeigehen sah er, dass ein Anruf auf dem Anrufbeantworter war. Er drückte die Starttaste – und hörte Alts Stimme! Er, Alt, müsse sich tausend Mal entschuldigen für seinen Lachanfall, aber er sei nicht böse gemeint gewesen. Er, der Herr Karlsberg, solle den Anfall vielmehr als Kompliment verstehen, denn völlig verrückt, das müsse er, der Herr Karlsberg, doch zugeben, sei seine Geschäftsidee auf jeden Fall. Aber sie habe auch etwas für sich. Nach ihrem gemeinsamen Termin habe er, Alt, zu einer Vorstandssitzung eilen müssen, weswegen er ihn, den Herrn Karlsberg, auch nicht mehr habe aufhalten können, als er, Karlsberg, zu seinem, Alts, Leidwesen erbost das Büro verlassen habe. Während der ganzen Sitzung sei ihm seine, Karlsbergs, Geschäftsidee durch den Kopf gegangen und immer wieder habe er schmunzeln müssen. Sein linker Vorstandsnachbar habe ihn schon gefragt, warum er heute so belustigt und abwesend wirke – so sehr habe in die Idee beschäftigt! Er würde sich auf jeden Fall in den nächsten Tagen melden und dann sehe man weiter. Er wünsche noch einen schönen Tag.

Edgar hörte das Auflegegeräusch und die Meldung des Anrufbeantworterrobotermännchens, dass der Anruf um zweiuhrundvierzehnminuten eingegangen sei.

Edgar klatschte in die Hände und versicherte sich mehrfach und lautstark, dass er es gewusst habe, schon immer gewusst habe, dass seine Idee einfach nicht zu toppen sei.

Es war inzwischen zehn nach vier. Edgar fuhr den Rechner unverrichteter Dinge wieder runter, zog Schuhe und eine frische Jacke an und die Wohnungstür hinter sich zu und tänzelte die Treppen runter. Er fühlte sich inzwischen wieder völlig nüchtern und wie neugeboren. Nur seine Knochen taten ihm etwas weh.

Als die Haustür hinter seinem Rücken ins Schloss fiel, blieb er kurz auf dem Absatz der Freitreppe stehen und warf einen skeptischen Blick Richtung Himmel, um verdächtiges Vogelviehzeugs auszumachen. Er sah keines und schlenderte frohgemut los in Richtung Schulterblatt.

Für die Strecke zum Portugiesen brauchte man keine zehn Minuten. Er würde auf jeden Fall pünktlich sein.

Edgar bog gerade um die erste Straßenecke, als er einen Jugendlichen entgegenkommen sah, der Edgar im genau gleichen Augenblick wahrnahm wie der ihn. Beide blieben auf der Stelle stehen. Sie waren nur sechs, sieben Meter voneinander entfernt. Es war eindeutig der Bursche, mit dem Edgar heute Vormittag zwei Mal zusammengestoßen war und der ihm höchstwahrscheinlich die Brieftasche stibitzt hatte. Eine kleine Veränderung im Aussehen des jungen Schlawieners war aber unverkennbar: Er hatte ein prächtiges blaues Auge.

Edgar wollte gerade loslegen, den halbwüchsigen Delinquenten zur Rede zu stellen, als der panisch kehrt machte und aufs Heftigste Fersengeld gab. Edgar machte erst gar nicht den Versuch, ihm hinterherzurennen. Ihm steckte noch der Doppelpack Standardkaterbekämpfungsprogramm in den Gliedern und irgendwie tat der Junge ihm fast leid. Ein blaues Auge – Edgar ahnte spontan, wie der Junge dazu gekommen war – für sechs Euro ungrad, das war Strafe genug.

Als Edgar ein paar Minuten später an der Piazza ankam, hatte die sich schon kräftig gefüllt. Der Einfall des Feierabendpublikums hatte begonnen. Edgar eilte im Slalom um die entgegenkommenden und in seine Richtung eher schlendernden als gehendenden Passanten.

Das hatte er sich gedacht. Beim Portugiesen war alles voll. Er guckte auf sein Handy. Es war sechzehnuhrfünfundzwanzig. Eine Frau, die nach der Beck aussah, konnte er nirgendwo entdecken.

Edgar blieb einfach stehen, wo er war, und guckte in Erwartung der Beck mal nach links, mal nach rechts und immer wieder auf die Tisch- und Bankreihen vor dem Portugiesen in der Hoffnung, dass gleich zwei Plätze frei werden würden.

Ja Zappalott, sagte er sich zwei Minuten später, heute sei wirklich sein Glückstag, als ein Pärchen sich exakt von jenen zwei Plätzen erhob, auf denen er vorhin mit Lollo gesessen war. Es waren die besten Plätze am Orte, weil mit der Fensterfront als Rückenlehne und direkt neben dem Eingang, also in kleinstmöglicher Abgreifnähe zum Kellner. Edgar eilte hin, neckte das Pärchen, das sei doch aber nicht nötig gewesen, und setzte sich. Der Mann des Pärchens gab noch kurz süffisant zurück, doch, das sei nötig gewesen, hakte seine Frau unter und zog sie mit sich. Die Frau schien an einer leichten Gangataxie zu leiden. Auf dem Tisch standen einige leere Bierflaschen und vor allem mehrere leere Cognacgläser.

Edgar beschloss spontan, einen Kaffee zu bestellen.
Als der kam, kam auch die Beck von links. Edgar hatte sie erst gar nicht erkannt. Sie hatte ihr Outfit völlig verändert. Sie trug ein eng anliegendes schwarzes T-Shirt, eine schwarze Cargo-Hose und schwarze Turnschuhe. Auch ihre schmale Designerbrille hatte sie abgelegt und durch eine schwarze, sehr viel größere breitrandige Hornbrille ersetzt, die ihr noch besser stand als das Designermodell. Über die Schulter hatte sie einen kleinen schwarzen Stadtrucksack geworfen.

Edgar sprang auf und streckte ihr die Hand entgegen. Er sei ja sehr erfreut, dass sie gekommen sei, und er habe sogar noch zwei Plätze freikämpfen können.

Die Beck sah ihn etwas schelmisch an, gab ihm freundlich die Hand und setzte sich auf den Platz, auf dem Lollo vorhin gesessen war. Edgar setzte sich daneben. Ihm pochte das Herz. Er sah sie erwartungsvoll an.

Die Beck ruckelte sich etwas zurecht, wirbelte kurz mit ihren Händen in der Luft, als ob sie Wasser abschütteln wollte, und meinte, dass sie ganz aufgeregt sei und wahrscheinlich eine große Dummheit begehe, sich mit Edgar zu treffen. Sie sah Edgar freudig, aber auch etwas ängstlich an, wie wenn sie gerade etwas Verbotenes tun würde. Sie guckte auch immer wieder nach links und rechts wie ein flüchtiger Sträfling, der überprüft, ob die Luft rein ist.

Edgar ahnte, was die Beck damit andeuten wollte. Wahrscheinlich warteten zu Hause Mann und Kind auf sie. Ihre schüchterne Ängstlichkeit und Aufgeregtheit gefielen Edgar ungemein. Abgebrüht und abgestumpft nach jahrelangem oder gar jahrzehntelangem Geschlechterkampf – Edgar schätzte sie auf Mitte Ende dreißig – war sie also noch nicht.

Wenn er das mit der Dummheit richtig verstanden haben sollte, meinte Edgar und guckte die Beck diebischen Blicks von der Seite an, dann schlage er vor, dieses Treffen doch einfach in einen ordnungsgemäßen Geschäftskontakt umzudefinieren, in ein Geschäftsessen quasi oder – Edgar sah seine Kaffeetasse – ein Geschäftskaffeekränzchen zwecks Auftragsanbahnung. Sie, die Frau Beck, sie hätte von ihrem Chef, dem Herrn Alt, den Auftrag bekommen, sich mit ihm in lockerer Atmosphäre zu treffen, um herauszufinden, ob er denn auch ein seriöser Geschäftspartner sei und so weiter und so fort.

Die Beck sah Edgar erstaunt an und nickte ihm mit seitlich leicht geneigtem Kopf anerkennend zu. Das sei ja das perfektes Alibi! Und in der Tat schien die Beck von einem zum nächsten Moment sehr viel entspannter zu sein.

Sie bestellte eine Germanen-Cola und streckte Edgar gleich darauf nochmals die Hand entgegen: Sie heiße übrigens Lea. Dass Edgar Edgar heißen würde, wisse sie natürlich schon. Sie hätten ja schon öfter miteinander telefoniert zwecks Terminabsprache. Und auch seine Korrespondenz mit ihrem Chef, dem Herrn Alt, sei natürlich erst mal auf ihrem Schreibtisch gelandet. Ob sie ihn denn

Edgar nennen dürfe, fragte die Beck Edgar, ihn noch immer siezend.

Aber klar doch und er wüsste auch gar keinen Grund, warum man sich nicht auch duzen sollte. Nun streckte Edgar der Beck die Hand entgegen mit einem Hallo Lea! Die Beck legte ihr Händchen, Edgar spürte es kaum, in seine Hand und erwiderte beschwingt ein Hallo Edgar!

Nun hieß die Beck also Lea und Edgar Edgar.
Lea nippte kurz an ihrer koffeinhaltigen Brause und meinte dann, dass sie leider nicht allzu lange bleiben könne. Und sie habe auch einen speziellen Grund, warum sie gekommen sei.

Edgar mimte mit hochgezogener linker Braue und schmierigem Grinsen den Clark-Gable-Frauenherzeroberungsgedächtnisblick.

Lea schien seine Anspielung zu verstehen und kommentierte schmunzelnd, nein, das sei es nicht, sondern …

Edgar wiederholte ihr letztes Wort mit einem deutlichen Fragezeichen und steigerte sein Grienen ins nahezu Fratzenhafte.

Lea lachte und senkte gleich darauf etwas schüchtern den Blick. Also, sie habe einfach mal auf seine, Edgars, Homepage geschaut vor ein paar Wochen, als Edgar den ersten Brief mit allen Absenderangaben und eben auch seiner Homepage-Adresse an *Massenbräu* geschrieben hätte, einfach so und aus Neugier. Und da habe sie gesehen, dass er nicht nur als Autor in Sachen Politik und Ökonomie schreibe, sondern auch seinen ersten Roman veröffentlicht habe. Nun, die kurze Zusammenfassung habe sie gleich mal angeklickt und sich auch das Coverbild angesehen. Als sie gesehen habe, dass der Roman hier im Schanzenviertel spiele, sei sie gleich los, um ihn zu kaufen. Seit einer Woche sei sie durch und es habe einfach in ihr gebrannt, den Autor dieses Buches kennenzulernen, jetzt, da sich durch diesen verrückten Zufall die Gelegenheit dazu biete.

Edgar setzte sich aufrecht hin, zog ein amtliche Würde ausdrückendes Gesicht auf und gab Lea ein drittes Mal die Hand: Es freue ihn sehr, nun auch den dreiundvierzigsten Leser seines Romans persönlich kennenzulernen.

Lea sah Edgar fragend an und waltete ihres Blickes.

Nun, der Roman verkaufe sich miserabel, antwortete Edgar in gelangweiltem Ton und warf schnippisch seine Rechte über die Schulter. Er könne jeden Tag bei seinem Verlag online verfolgen, was er verkauft habe, und vor allem, was er NICHT verkauft habe. Von vorgestern auf gestern sei der Verkauf von zweiundvierzig auf dreiundvierzig Exemplare hochgeschnellt, und das, obwohl das Ding schon seit einem Vierteljahr auf dem Markt sei.

Aber, warf Lea ein, das verstehe sie nicht, der Roman sei zwar politisch und auch philosophisch recht anspruchsvoll, aber auch gut geschrieben, sehr dramatisch und am Schluss richtig spannend. Und eine sehr schöne Liebesgeschichte beschreibe er auch.

Ja, schon, klar, das würde er gar nicht bestreiten wollen, meinte Edgar und rümpfte die Nase, aber Marktanalysen und Leserzuschriften hätten ergeben, dass er einfach zu viel Realpolitik und auch Philosophie in den Roman gepackt habe. Das verkaufe sich schlecht, sei für ein breites Publikum einfach zu anspruchsvoll. Viele hätten reingelesen und ob lauter Politik und Philosophie abgebrochen, noch bevor sie zum dramatischen, spannenden Teil vorgedrungen seien. Er habe wohl auch zu sehr den Literaturbetrieb auf die Schippe genommen, der sich erfahrungsgemäß bierernst nehme. Und vor allem fehle eine erste Rezension in einem größeren, überregionalen Blatt.

Von rechts schwankte unverhofft Herr König vorbei. Er krächzte Edgar zu, wo er denn den Herrn Diebels gelassen habe. Er, Edgar, könne ihm, Diebels, auf jeden Fall ausrichten, dass er, Diebels, den Räumungsbefehl vergessen könne, sie hätten ihm, König, nämlich gerade die Wohnung geräumt samt Räumungsbefehl. König schien das nicht weiter zu stören, sondern salutierte Edgar freudigen Blickes mit seiner Bierflasche zu, gab zu verstehen, dass er jetzt zu seiner Alten ziehen werde, und schwankte weiter.

Edgar hob den Kaffee zum Grüße und rief hinterher, er werde die Räumung des Räumungsbefehls auf jeden Fall melden.

Lea sah Edgar mit hochgezogener linker Braue und spitz gestülpten Lippen an.

Och, das sei nur ein Klient eines guten Freundes, beschwichtigte Edgar und fragte nach, wo man denn stehengeblieben sei.

Bei seinem Roman sei man stehengeblieben, half Lea Edgar nach, noch immer spitz gestülpten Mundes.

Ja, genau, aber der sei ihm im Moment gar nicht so wichtig.

Ihr sei er aber wichtig, warf Lea ein.

Wichtig sei für ihn – Edgar schien ihre Worte einfach überhört zu haben – momentan vielmehr die Realisierung der Geschäftsidee, die er ihrem Chef, dem Alt, heute unterbreitet habe. Würde das was werden, könne er seinen Roman bewerben wie blöd, was der Kleinstverlag, in dem er erschienen sei, leider ganz und gar nicht könne. Ob sich denn Alt ihr gegenüber irgendwie geäußert habe bezüglich seiner Geschäftsidee? Edgar sah Lea gespannt an.

Lea runzelte die Stirn und ihre Unterlippe stülpte sich nun eher breit gezogen gegen die Oberlippe. Nein, nicht direkt, er, Alt, habe nur, nachdem er, Edgar, gegangen sei, auf dem Weg durchs Vorzimmer in Richtung Vorstandsitzung sehr amüsiert gewirkt und immer wieder betont, dass er selten eine so verrückte Idee gehört habe.

Aber es würde ihr scheinen, dass Alt auch irgendwie angetan gewesen sei von dieser verrückten Idee.
 Edgar lächelte triumphierend.
 Was es denn auf sich habe, mit dieser verrückten Idee? Lea schien eher aus Höflichkeit, denn aus wirklichem Interesse zu fragen.
 Nun, das sei ein Staatsgeheimnis, er dürfe eine solch bedeutsame Geschäftsidee nicht zu stark ventilieren wegen der Konkurrenz, die ja nicht schlafe, wie sie, Lea, bestimmt wisse.
 Um so besser, gab Lea zurück, sie habe ja so und so eher über Edgars Roman reden wollen. Sie würde nämlich das Schanzenviertel nach seiner Lektüre mit ganz anderen Augen sehen.
 Ja, schon, aber ob Alt nicht vielleicht nach der Vorstandssitzung etwas gesagt habe, wenn schon nicht davor, ließ Edgar nicht locker.
 Nö, habe er nicht, schob Lea wie beiläufig ein. Vor allem die Katastrophe, auf die der Roman unerbittlich zusteuere, habe sie regelrecht mitgenommen.
 Seine Geschäftsidee würde bestimmt keine Katastrophe werden. Er müsse Alt unbedingt noch mal treffen. Ihm, Edgar, seien inzwischen noch einige ganz tolle Vermarktungsideen gekommen.
 Bestimmt, Lea lächelte Edgar kurz geschäftig an, war aber gleich wieder bei ihrer Sache. Die Katastrophe in seinem Roman sei ja nicht nur eine politische, sondern auch eine zutiefst menschliche. Ihr hätte sehr gut gefallen, wie er, Edgar, die zwischenmenschliche Dimension mit der politischen Dimension verknüpft habe.
 Die Vermarktung müsse mit einem Event nicht gekannter Dimension beginnen, hier im Viertel. Edgar blinzelte gewichtig in Richtung Rote Flora.

Man habe zudem das Gefühl, dass Anton, der Protagonist des Romans, starke Züge seiner, Edgars, eigenen Biografie trage.

Ja, schon, ein Hungerleider sei er auch, aber diesen Zustand wolle er ja gerade mit seiner Geschäftsidee überwinden. Am besten wäre es, meinte Edgar, wenn er Alt einfach noch mal anrufen würde.

Und vor allem würde sie interessieren, wenn diese Frage nicht zu indiskret sei, ob denn Birthe, Antons große Liebe im Roman, einen realen Background hätte. Lea lugte etwas schüchtern drein ob ihrer gewagten Frage.

Das Schanzenviertel solle nämlich den realen Background für das spektakuläre Vermarktungsevent spielen, das müsse er Alt unbedingt noch sagen, bevor der sich noch falsch entscheide.

Sie sehe, dass Edgar dieser Frage ausweiche, aber das sei ja auch verständlich. Lea schaute etwas verlegen drein.

Er wolle sie ja nicht in Verlegenheit bringen, aber vielleicht könne sie einfach mal nachfragen bei Alt, was es denn mit dieser verrückten Idee, von der er, Alt, im Vorzimmer gesprochen hätte, auf sich habe – so ganz beiläufig.

Er könne ja mächtig ablenken von neuralgischen Themen, aber mit emotional besetzten Themen und Beziehungsfragen würden Männer ja oft ihre Probleme haben. Lea lächelte Edgar verständnisvoll, aber auch etwas neckisch an.

Edgar, der Leas Anmerkungen und Fragen durchaus mit halbem Ohr mitbekommen hatte, aber von seiner Geschäftsidee wie besessen schien, wollte nichts falsch machen und bestätigte, dass er halt eher dahin tendiere, seine Emotionen schriftlich, also sozusagen in indirekter Rede zu äußern.

Leas Handy klingelte. Sie zuckte etwas zusammen und war von einem auf den nächsten Moment etwas aufgeregt, nachdem sie den Namen des Anrufers gelesen hatte. Sie nahm an. Ja, sie komme gleich, sie habe noch ein Geschäftsgespräch zu absolvieren, das ihr Alt aufgetragen habe, und sie würde auch nicht die fettarme laktosefreie H-Milch vergessen.

Sie legte auf, sah erschrocken auf die Uhr und meinte, dass sie jetzt aber schleunigst losmüsse.

Das sei aber schade, aber man könne ja dieses interessante Gespräch demnächst und hoffentlich recht bald fortsetzten. Würde ihn sehr freuen. Edgar war kurz aus seinen Gedanken erwacht.

Lea sprang auf, schüttelte Edgar die Hand, meinte, dass sie in der Tat noch viel mehr von ihm erfahren wolle in Sachen Roman, und drehte ab.

Edgar setzte sich wieder hin, fläzte sich mit dem Rücken gegen das Ladenfenster, streckte zufrieden die Beine aus und lugte Lea hinterher, bis sie in die Susannenstraße Richtung S-Bahnhof abgebogen war. Die Sache entwickelt sich, sie entwickelt sich ganz wunderbar, sagte sich Edgar mit leiser Stimme und bestellte beim vorbeieilenden Kellner ein Hefeweizen. Dieser Tag musste gefeiert werden. Erfolg im Geschäft und Erfolg in der Liebe. Und die Sonne schien noch immer, wenn auch schon ziemlich schräg, am Himmel.

Fünfter Geschäftskontakt

Sechs, sieben, acht, neun, zehn – an zwanzig oder gar fünfundzwanzig Liegestütze war nicht mehr zu denken. Ihm taten einfach zu sehr die Knochen weh. Ein drittes komplettes Standardkaterbekämpfungsprogramm konnte er unmöglich durchziehen, maximal ein halbes.

Edgar hatte beim Portugiesen gerade sein drittes Hefeweizen bestellt, als sein Handy klingelte – es war Alt! Edgar setzte sich unwillkürlich in den Gouvernantensitz und begrüßte Alt überschwänglich. Er gab den Hocherfreuten und sehr Überraschten. Das fiel ihm umso leichter, da er hocherfreut und sehr überrascht war. Ja, was es denn gebe und womit er denn dienen könne?

Alt, er klang eher geschäftig und sachbezogen, sei Edgars Idee noch den ganzen Tag durch den Kopf gegangen, und sie sei ihm immer interessanter vorgekommen. Verrückt, aber immer interessanter. Er habe schon einige Vermarktungsideen entwickelt und habe auch noch ein paar Fragen. Ob man sich denn spontan am frühen Abend im Viertel treffen könne? Er, Edgar, wohne ja, wie er, Alt, den Unterlagen hätte entnehmen können, gleich um die Ecke.

Ja, unbedingt könne man das! Edgar drückte das Kreuz noch mehr durch. Wann es denn sein solle?

Alt würde so gegen halb sieben gut passen, dann könne er direkt von der Arbeit kommen. Er habe es ja auch nicht weit.

Das passe ganz famos! Man könne sich ja beim Portugiesen direkt gegenüber der Roten Flora treffen. Da könne man auch ein kleines Abendmal zu sich nehmen. Es gäbe lecker Fisch. Vor allem die Fischsuppe sei legendär.

Das sei eine gute Idee, meinte Alt, verabschiedete sich und legte auf.

Edgar sah auf sein Handy – es war schon halb sechs. Scheiße! Zumal der Kellner gerade das dritte Hefeweizen brachte. Edgar drückte ihm das Geld für die drei Biere plus einen Tipp in die Hand und meinte, er müsse leider sofort los. Er wollte gerade fragen, ob der Kellner ihm das Hefeweizen kaltstellen könne, er sei spätestens in einer Stunde wieder da – als von rechts Rettung nahte. Es war Herr König. Er zog einen Leiterwagen hinter sich her, der über und über mit Hausrat und Kleinmöbeln befüllt war. Er krähte eine kaum verständliche Begrüßung und winkte Edgar freundlich zu – mit freier Hand! Das war's. Edgar sprang auf, nahm das Bier, ging zu Herrn König und drückte ihm das unberührte Hefeweizen in die Hand. Er habe das Bier eben bekommen, noch keinen Schluck nehmen können – und gerade erfahren, dass er sofort losmüsse. Er, der Herr König, müsse ihm, Edgar, aber versprechen, das leere Glas unbedingt wieder zum Portugiesen zu bringen!

Das mache er glatt! Herr König setzte an und trank und trank und trank, bis das Glas leer war. Einen halben Liter am Stück. Er wischte sich mit dem Handrücken den Schaum vom Mund, klopfte sich mit der Faust auf die Brust und entließ aus den Urgründen seines Seins einen gewaltigen, lang andauernden Rülpser in die Atmosphäre. Er stellte das leere Glas ordnungsgemäß auf den nächsten freien Tisch des Portugiesen, bedankte sich noch mal bei Edgar, ergriff die Deichsel seines Leiterwagens und zog von dannen.

Edgar, noch immer ganz verblüfft ob der Trinkleistung des Herrn König, drehte ab und ging forcierten Stechschrittes nach Hause, absolvierte ein halbes Standardkaterbekämpfungsprogramm, duschte heute ein drittes Mal, schmiss sich in Abendgarderobe und stürmte zurück ins Viertel.

Sechster Geschäftskontakt

Edgar war nicht zu spät, aber Alt saß schon beim Portugiesen. Und zwar auf der gleichen Bank direkt am Fenster, auf der auch Edgar heute schon mehrfach gesessen war, nur an ihrem äußersten Ende. An den Tisch hatte Alt sein Fahrrad gelehnt – ein, wie Edgar gleich auffallen sollte, edles, teures Teil. Alt stand, als er Edgar kommen sah, auf und winkte ihm freundlich zu. Er sah ganz anders aus als heute Vormittag im Vorstandsbüro von *Massenbräu*. Alt hatte sein Haar zu einem kleinen, kurzen Pferdeschwanz zusammengebunden und war, wie die Beck vorhin, schwarz in schwarz gekleidet, eher sportlich, wohl wegen des Radfahrens.

Edgar ging freudestrahlend und mit ausgestreckter Hand auf Alt zu. Ja, das freue ihn ja mächtig, sich so schnell schon wiederzusehen. Er, Edgar, habe ihn, Alt, erst mal gar nicht wiedererkannt. Aber ...

... Ja, meinte Alt, er habe im Büro auch eine kleine Umkleidekabine. Da könne er nach Feierabend die Uniform, also die Geschäftsklamotten, gegen Bequemeres wechseln und sich dann gleich aufs Rad schwingen und in den Feierabend stürzen.

Ja, Kleider machten halt Leute! Edgar fiel gerade kein dümmerer Spruch ein.

Och, er, Alt, kenne viele Geschäftsleute, die heilfroh seien, nach Feierabend aus der Geschäftsuniform schnellstmöglich herauszukommen. Er, Edgar, ahne womöglich kaum, wie viele der Leute, die sich hier im Viertel abends an der Bierflasche oder gar -dose festhielten und ganz leger und normal oder gar flippig oder punkig aussähen, sich tagsüber in Anzüge zwängen und mit Krawatten strangulieren müssten.

Ja, das habe er, Edgar, auch schon öfter erlebt – einmal ganz drastisch auf einer Tagung. Tagsüber, während der Seminare und Vorträge, hätten alle Anzug und Krawatte getragen – und abends und vor allem spätabends in der Hotelbar habe sich nach dem einen und vor allem anderen Biere herausgestellt, dass keiner der Befragten gerne mit Anzug und Krawatte herumlaufe und herumsitze – aber alle täten es halt, weil es alle täten. Und alle meinten, dass es alle gut fänden, weil es ja alle täten – und nur man selbst sei der Außenseiter. Und eigentlich fände es keiner gut. Nur – so etwas käme selten heraus, weil sich in der Regel keiner traue, das anzusprechen. Man könne ja auch auf die Nase fallen.

Ja, ja, gab Alt zu bedenken, der Herdentrieb, das Mitläufertum – ohne das gäbe es weder Diktaturen mit Massenunterstützung noch Bekleidungs- oder sonstige Konsummoden. Und auch keine Religiösen, die irgendeinem Leithammel, Kirchenhäuptling oder sonstigen Guru hinterherliefen. Aber ob man sich nicht erst mal setzen wolle! Alt und Edgar standen sich in der Tat noch immer gegenüber.

Das wolle man unbedingt! Edgar setzte sich auf das Bierbänkchen gegenüber von Alt, der wieder seinen bequemen Platz mit dem Fenster im Rücken eingenommen hatte.

Der Kellner kam, und noch bevor er einen zu seinem süffisanten Gesichtsausdruck passenden Spruch in Richtung Edgar loslassen konnte, bestellte der, wie er betonte, *ausnahmsweise* mal ein Hefeweizen. Der Kellner verkniff sich seinen Kommentar und sah Alt erwartungsvoll an. Der fragte skeptischen Blickes, ob das Bier vom Fass ein *Massenbräu* sei, und bestellte, nachdem der Kellner verneinte, erleichtert lächelnd ein großes Pils – um gleich darauf Edgar zu beteuern, dass er *Massenbräu* nicht schlecht fände, aber er sehe und rieche das, die Braukessel im Nachbargebäude im Rücken, tagein, tagaus und müsse gelegentlich einfach mal etwas anderes trinken.

Ja, das könne er, Edgar, gut verstehen. Zwischen seinem täglichen und abendlichen Bierkonsum verschiedenster Sorten müsse er morgens dann doch mal etwas anderes trinken, also Kaffee oder Tee oder so. Edgar war sich nicht sicher, ob es sinnvoll war, zu äußern, was er eben geäußert hatte.

Zum Glück kam gerade der Kellner mit den Bieren. Alt und Edgar griffen zu, stießen an und nahmen beide einen großen Schluck. Alt lächelte Edgar an und meinte, dass man sich doch eigentlich auch duzen könne. Edgar stimmte freudig zu, griff sein Glas, prostete Alt zu und meinte, er heiße Edgar.

Alt nahm sein Glas in die Hand, prostete Edgar zu und meinte, er heiße – Trutz.

Trutz?

Ja, Trutz. Sein alter Herr sei ein ganz Strammer gewesen, ein germanophiler konservativer Sack – und in der Nazizeit ein elender Mitläufer.

Ja, ja, womit man wieder beim Thema sei. Edgar war froh, die Kurve zu kriegen. Er war über Alts, um nicht zu sagen: Trutz' Offenheit überrascht und von ihr auch angenehm angetan – Trutz entsprach zu Edgars Freude weniger und weniger den Klischees, die viele und wohl auch er selbst gegenüber Managern hegten. Und Edgar merkte, dass auch seine mutmaßlich geniale Geschäftsidee mit dem zu tun hatte, was Trutz eben ansprach – Herdentrieb, Mitläufertum, Modewellen.

Dieses Mitläufertum gäbe es, meinte Edgar, aber nicht nur bei den Rechten. Das Publikum des Schanzenviertels gelte, durchaus zu Recht, als eher linksorientiert – und die autonome Szene um die Rote Flora so und so. Aber wenn er, Edgar, zum Beispiel hier auf dem Lattemacchiato-Strich nachmittags nicht das Modegetränk Latte macchiato bestelle, sondern ein schnödes Bier oder gar drei oder vier, würde man ihn oft angucken, als sei er ein Trinker! Und es habe Zeiten bei den Punkern gegeben, da sei man fast ausgeschlossen worden, wenn man nicht die *richtigen* Springerstiefel trug – nämlich die von Doc Martens. Und ihm sei auch mal passiert, dass er mit einer Freundin die Macherin eines Musikclubs hier im Schanzenviertel besucht habe, gleich nachdem der Laden um achtzehn Uhr aufmachte – noch ohne musikalische Hintergrundberieselung. Als der Baarkeeper verspätet hereingestürzt sei, sei seine erste Amtshandlung gewesen, die Musikanlage anzuknipsen und laut aufzudrehen – man habe eng zusammenrücken müssen, um sich noch unterhalten zu können. Er, Edgar, sei dann aufgestanden und habe die wenigen Gäste, die inzwischen eingetrudelt waren, gefragt, ob sie die Lautstärke der Musik okay fänden, ob sie die Musik kennen und auch gut finden würden. Alle ohne Ausnahme hätten jeweils verneint. Mit diesem Umfrageergebnis sei er zum Barkeeper gegangen und hätte zunächst gefragt, was denn da laufe. Das wisse er nicht, sei bei den Leuten aber gerade angesagt. Er gucke gleich mal nach. Darauf habe ihm Edgar seine Umfrageergebnisse offenbart. Der Barkeeper habe etwas beschämt gelächelt und eingestanden, dass er die Musik eigentlich auch ziemlich bescheuert fände, aber man habe ihm gesagt, dass die Leute halt so was hören wollten.

Alt, um nicht zu sagen: Trutz lächelte wissend und gab unterstützend hinzu, dass er das, was er in den Kneipen und Clubs des Viertels an Musik vorgedudelt bekomme, größtenteils unter der Rubrik *banaler Schrott* einsortieren würde – Vollidiotenmusik für Vollidioten und nicht für linksorientierte, halbwegs aufgeklärte, gebildete, weltinteressierte, komplex denkende Menschen.

Edgar schloss Trutz spontan in sein Herz. Er hatte einen Gleichgesinnten vor sich! Und wenn die Welt nur wüsste, wie selten das vorkomme!

Aber Edgar sollte gleich erfahren, dass Trutz noch viel gleichgesinnter als gleich gesinnt war. Trutz lehnte sich ans Fenster zurück und fragte mit ironischer Stimme und neckischen Blickes, ob denn Edgars Geschäftsidee nicht genau auf die Kommerzialisierung solchen Mitläufertums und Herdentriebs hinauslaufe.

Edgar saß da wie ins Mark getroffen. Einerseits war er begeistert von der Seelenbruderschaft, die Trutz und ihn ganz offenbar verband – andererseits fühlte er sich aber auch wie ertappt. Ja, das stimme schon. Er habe auch durchaus ein kleines schlechtes Gewissen ...

... wie manch Rüstungsproduzent auch. Trutz guckte leicht spöttisch.

Na ja, gab Edgar zurück, das Brauen von Bier und die Produktion von Napalmbomben seien dann wohl doch etwas durchaus Verschiedenes.

Okay, musste Trutz zugestehen, diesem Argument könne er sich nicht völlig verschließen.

Und wenn man, fuhr Edgar fort, allen Konsum abschaffen würde, der auf Modewellen und Mitläufertum und dem ganzen *Keeping up with the Jones'*, also dem immer Höher, Weiter, Schneller und diesen ganzen Wachstumszwängen basiere – das liefe ja auf die Abschaffung der halben Wirtschaft hinaus und auf Massenarbeitslosigkeit sondergleichen ...

... die man, flocht Trutz flugs ein, doch nur auf alle verteilen müsse genauso wie die verbleibende Arbeit, dann könnten alle weniger arbeiten, ruhiger leben, länger ausschlafen und sich mehr um die eigenen Kinder und Alten kümmern, statt sie in Krippen und Heime abzuschieben.

Edgar sah Trutz mit großen Augen an – bewundernd und entsetzt zugleich. Denn er wusste noch nicht so recht, ob Trutz' ungemein kritischer, wacher Geist, der sich hier offenbarte, das Ende seiner Geschäftsidee bedeutete, noch bevor ihre Realisierung auch nur angedacht worden wäre.

Trutz bemerkte Edgars Unsicherheit – die sich auch darin äußerte, dass Edgar permanent zu seinem Bier griff und es fast schon geleert hatte. Trutz nahm sein noch halb volles Glas in die Hand und trank es mit einigen mächtigen Schlucken leer. Er hatte von links den Kellner kommen sehen. Als der in Reichweite war, orderte Trutz eine zweite Runde.

Ja, ja, der Mensch sei halt ein Sozial- und Gewohnheitstier sondergleichen, versuchte Trutz Edgar zu beruhigen. Die Leute hegten und pflegten Riten, Sitten und Gebräuche, das gebe einfach Verhaltenssicherheit. Diese Bedürfnisse nicht auch ökonomisch befriedigen zu wollen, wäre ganz einfach dumm – und irgendwie fast unmenschlich. Dann dürfe man ja gar keine Weihnachtsmänner oder Osterhasen aus Schokolade mehr verkaufen!

Edgar war ganz baff, wie nun Trutz die Kurve gekriegt hatte! Von der Panzerproduktion zum Osterhasen. Geil.

Dass das Mitläufertum, da könne er, Trutz, Edgar nur zustimmen, auch in der politischen Linken und bei grundsätzlich weithin aufgeklärten Menschen weit verbreitet sei, habe er erst neulich wieder erfahren – Trutz nahm vom Kellner die beiden Biere entgegen und fuhr fort. Er sei mit Freunden und guten Bekannten am Biertisch gesessen und man habe sich über die neuesten Filme ausgetauscht, die gerade in den Kinos liefen. Irgendwann sei es auch zum Thema Lieblingsschauspielerin und Lieblingsschauspieler gekommen. Und da habe einer den unvermeidlichen Robert De Niro genannt. Trutz habe darauf gesagt, dass er von dem kaum mehr als drei verschiedene Gesichtsausdrücke kenne und dass er ihn nicht als sonderlich guten Schauspieler einschätze. Nach einigem Hin und Her sei er, Trutz, dann gefragt worden, welchen Schauspieler er denn als sehr guten bezeichnen würde – worauf Trutz geantwortet habe: zum Beispiel Heinz Rühmann!

Heinz Rühmann? Edgar konnte es kaum glauben.

Ja, Heinz Rühmann. Trutz Gesichtsausdruck ermangelte jeden Spottes. Er schien es ernst zu meinen.

Das sei aber trutzig, wenn nicht trotzig! Edgar merkte, dass ihm die Biere doch so langsam aufs Hirn schlugen.

Nein, das sei einfach eine nüchterne Einschätzung seiner Handwerkskunst – Gesichtswerkkunst könne man ja schlecht sagen. Und darauf käme es allein an. Sein Gegner habe dann wüst über Rühmann hergezogen: Der sei ein erbärmlicher Kleinbürger, Muttis und Omis Liebling, und in der Nazizeit ein übler Mitläufer gewesen.

Womit man wieder beim Thema sei. Edgar wollte auch mal wieder etwas gesagt haben.

Er, Trutz, habe daraufhin seinem Gegner unumwunden zugestimmt. Aber das ändere nichts daran, dass Rühmann, rein handwerklich gesehen, ein hervorragender Schauspieler gewesen sei. Wenn ein Läufer die Einhundertmeterstrecke bei einem Wettbewerb, dem via Medien Millionen Menschen als Zeugen beiwohnten, in neun Komma zwei Sekunden gelaufen sei, dann könne man doch später nicht sagen, dass er sie gar nicht in neun Komma zwei Sekunden gelaufen sei, nur – Trutz tüpfelte Anführungszeichen in die Luft – weil sich später herausstelle, dass er Mitglied einer neofaschistischen Partei sei. Auch Nazis könnten exzellente Läufer sein ...

... und Mitläufer ...

... oder Schachspieler oder Physiker oder sonst was. Trutz gab dem Kellner ein Zeichen in Sachen dritter Runde.

Edgar ahnte Schlimmes.

Trutz trank sein Bier leer und gab zu bedenken, dass man doch jetzt vielleicht auch mal Edgars verrückte Geschäftsidee etwas näher ventilieren ...

... wenn nicht inhalieren ...

... könne. Er, Trutz, habe schon einige Vermarktungsideen im Kopf. Die wolle er ihm auch gleich mal erzählen.

Ja, unbedingt! Edgar war überaus dankbar, dass Trutz endlich zum eigentlichen Thema gekommen war. Der Kellner bog um die Ecke, Edgar griff die beiden Biere ab, streckte Trutz seines entgegen, der nahm es, und man prostete sich zu.

Trutz nahm einen kräftigen Schluck und hob an: Wenn man wirklich kein neues Bier nach neuem Rezept brauen müsse, sondern schon gebrautes nur in neue Flaschen und unter neuem Namen verkaufen wolle, dann könne die Sache grundsätzlich sehr schnell realisiert werden. Man müsse ja nicht gleich *Massenbräu* abfüllen. Man habe kleinere Privatbrauereien unter Vertrag, die über Zusatzaufträge bestimmt hocherfreut seien ...
Er, Edgar, sei auch immer hocherfreuter ...
... und recht schnell reagieren könnten. Die Kreation der Marke, der Labels und der ganzen Hardware, von der Flasche und ihrer Form über das Etikett bis zur Bierkiste, seien eigentlich fast der größere Aufwand. Aber man habe eine eigene Werbe- inklusive Grafikabteilung und die könne, wenn sie präzise Vorgaben bekäme, auch recht schnell arbeiten. Bliebe noch das Markteinführungs- und Vermarktungskonzept.
Endlich war Edgar an der Reihe. Da habe er ganz fantastische Konschepte, Pardon: Konzepte entwickelt! Edgars Zunge war inzwischen etwas schwer geworden.
Keine Bange, meinte Trutz, er habe auch schon einen Leichten in der Krone. Man habe ja noch gar nichts gegessen. Und drei Hefeweizen seien auch nicht ganz ohne.
Edgar unterließ es weise, Trutz über die wirkliche Menge der Biere aufzuklären, die er heute schon getrunken hatte, und wies, um, wie er dachte, abzulenken, darauf hin, dass drei Hefeweizen so viele Kalorien hätten wie eine Currywurscht, Pardon: Currywurst mit Bommes, also Pommes!
Edgar hätte im Boden versinken können. Sein Ablenkungsmanöver konnte man ja auch so verstehen, dass man sich das Essen gleich sparen und einfach weitertrinken könne. Rein kalorientechnisch. Er atmete tief durch und schwor sich innerlich Besserung.

Also, ihm seien heute noch mehrfach geniale Markteinführungskoncepte – warum musste er nur Koncepte sagen und nicht Konzepte! –, Tschuldigung: Konzepte in den Sinn gekommen.

Der Kellner stellte unverhofft zwei Schnäpse auf den Tisch. Die seien vom Hause!

Das sei aber nett, gab Trutz zurück. Und gleich darauf fragte er Edgar, ob der denn hier öfter sei.

Och, nicht direkt, eher indirekt, um nicht zu sagen: gelegentlich doch, hier und da, ab und zu sei er schon hier. Edgar kratzte sich am Hinterkopf, schob einen der Schnäpse Trutz zu und hob seinen zum Proste. Trutz tat es ihm gleich.

Also, Edgar schüttelte sich kurz, sein Markteinführungskon..., was er sagen wolle: Sein Markteinführungsplan sei folgender. Oder nein: Er, Edgar, wolle ihm, Trutz, einfach die Intuitionen und Gedankenbausteine vermitteln, die sich gerade heute ganz unverhofft zu einem begnadeten Gesamtkonzept – es klappte wieder! – zusammengefügt hätten. Er sei hier heute nämlich am frühen Nachmittag schon mal gesessen bei einem Hefe..., also bei einem Hefekringel und einem Becher Kaffee, da sei ein ihm flüchtig bekannter Punker vorbeigelaufen und fast zeitgleich ein Zeppelin mit riesiger Werbeaufschrift über das Firmament gezogen. Und als er, Edgar, dann noch zur Roten Flora rübergeblinzelt habe – ja, da sei ihm das Markteinführungskoncept – Scheiße! – klar vor Augen gestanden. Edgar sah Trutz herausfordernd an und schwieg erwartungsvoll.

Trutz überlegte kurz und gab dann mit undurchdringlicher Mine zu bedenken, dass die Einladung von Led Zeppelin in die Rote Flora doch womöglich etwas teuer geraten würde – und dass die doch gar keinen Punk spielten.

Edgar lachte herzlich. Trutz habe aber Humor! Nein, sein Plan sei ein ganz anderer – sagte es und bedeutete dem im Eingang stehenden Kellner mit einer Kreisbewegung seines erhobenen Zeigefingers, doch bitte die nächste Runde zu bringen.

Ob er denn zwei Hefekringel bestellt habe? Trutz gab noch immer das Pokerface.

Unbedingt! Man müsse doch endlich mal was essen! Edgar amüsierte sich köstlich. Nein, nein, was er sagen wolle ...

In diesem Augenblick hörte Edgar eine ihm bekannte Krächzstimme von hinten. Edgar drehte sich um und sah Herrn König, der diesmal von der anderen Seite kam mit leerem Leiterwagen. Der Herr Karlsberg habe aber ganz schön Kondition!

Ja, wenn er zwischendrin immer mal einen Hefekringel zu sich nehme, würde das schon gehen – Trutz konnte sich diesen spontanen Einwurf nicht verkneifen und musste jetzt selbst lachen.

Edgar war es gar nicht peinlich, sondern rief Herrn König zu, er solle doch bitte mal kurz rüberkommen. Edgar wandte sich wieder zu Trutz und meinte, dass der Herr König ein ganz begnadeter Trink..., also: Der könne Dinge, man glaube es kaum!

Herr König kam willig und freudig, drehte mit seinem Leiterwagen am Tisch von Trutz und Edgar bei, setzte sich auf eine Reling des Wagens und wartete gespannt. Ob er, fragte Edgar gleich, vielleicht noch mal seinen imponierenden Trick vorführen ...

Trick?

... also die Nummer mit dem Ex..., also dem am Stück ...

Ach das! Klar! Dazu bräuchte er nur noch ein ...

Und der Kellner kam von hinten und stellte ein Pils und ein Hefeweizen auf den Tisch. Edgar nahm das Hefe, reichte es Herrn König, bestellte beim Kellner eines nach, und sah erwartungsvoll in Richtung Trutz. Der fixierte Herrn König gespannt.

Herr König machte keine Anstalten, setzte an, trank und trank und trank, setzte das leere Glas ab, klopfte sich mit der Faust auf die Brust, entließ einen mächtigen Rülpser ins Firmament und strahlte über alle vier Backen.

Er sei schwer beeindruck, musste Trutz zugestehen, legte die Stirn in Falten und drückte bedeutungsvoll die Unterlippe nach oben.

Herr König bedankte sich. Er müsse leider gleich weiter, er sammle gerade bei Freunden Hausrat und Möbel ein, die diese entbehren könnten. Ihm hätten sie ja die Bude geräumt ...

... samt Räumungsbefehl ...

... genau. Aber die Herren würden hier ja bestimmt noch etwas sitzen und er würde heute bestimmt noch zwei, drei Mal vorbeiziehen, bis er alles beisammenhätte. Herr König winkte zum Gruße und zog samt Leiterwagen ab.

Also, Edgar rutschte etwas näher, dreißig oder noch mehr solcher Punker vor einem Ausschank und Flaschenverkauf von „Luxus & Stoff" direkt auf der Freitreppe der Roten Flora während des nächsten Schanzenfestes – und über dem Viertel kreise ein Zeppelin, auf dem in riesigen Lettern der Schriftzug „Luxus & Stoff" prange ...

Der Kellner schob das nachbestellte Hefeweizen auf den Tisch.

... das würde doch voll abgehen! Wenn das nicht mal eine artgerechte Markteinführung eines artgerechten neuen Bieres in einem artgerechten Marktumfeld sei!

Das klinge gut, aber ob da die Leute von der Roten Flora wohl mitmachten? Trutz gab den Skeptischen.

Nicht gegen Geld, die nähmen ja nicht mal Geld vom Schweinesys..., also vom Staat. Aber für fufzich Kisten

Freibier – Edgar rieb sich freudig die Hände und sah Trutz gespannt an.

Ja, einem solchen Angebot würden sie sich wohl nicht entziehen wollen. Trutz wog bedächtig den Kopf.

Nein, sie würden es sich eher reinziehen wollen. Edgar lächelte triumphierend.

Trutz sah aus, als ob es mächtig arbeiten würde in seinem Kopf. Sein zunächst skeptischer Blick wich Sekunde um Sekunde einem immer offeneren. Und plötzlich riss er die Augen weit auf und strahlte über das ganze Gesicht. Jetzt habe *er* einen fantastischen Geistesblitz!

Ja, donnerte Edgar blitzartig, welcher das denn sei?

Also, da müsse er etwas weiter ausholen ...

... Lichtjahr um Lichtjahr sei ihm gegönnt ...

Also, die Sache sei die ... Trutz wollte gerade loslegen, als er urplötzlich in sich versank, sich nach vorne beugte und die Hände vors Gesicht schlug.

Edgar erschrak mächtig. Was denn los sei? Ob er helfen könne? Ob er wieder so einen Anfall habe wie heute Mittag im Büro?

Trutz verharrte eine ganze Weile in dieser Stellung, blinzelte dann zwischen zwei Fingern hindurch und setzte sich schließlich ganz langsam wieder aufrecht. Nein, nein, ihm ginge es hervorragend, er habe nur eben jemanden gesehen ...

Edgar drehte sich wie von der Tarantel gestochen um, verrenkte sich dabei schmerzhaft den Rücken – und sah Herrn König mit einem halb vollen Leiterwagen. Der winkte und zog weiter, als sich Edgar, zumindest mit dem Kopf, gleich wieder zu Trutz wandte. Er verberge sich vorm Herrn König? Der sei doch total friedlich und niedlich! Und er habe noch nie direkt um ein Bier gebettelt!

Nein, nicht vorm König habe er sich verborgen, vor seiner Sekretärin!

Der Becks?
 Beck!
Sage er doch! Der Becks! Nein, Quatsch, also der Beck? Edgar versuchte mit schmerzverzerrtem Gesicht wieder seine alte Stellung einzunehmen. Das Große Fragezeichen, das in seinem Gesicht stand, vertrug sich mit der Schmerzverzerrung nicht gerade zu seinem optisch Besten.
 Trutz erschrak mächtig. Was denn los sei? Ob er helfen könne? Ob er irgendeinen Anfall habe?
 Nein, nein, nur einen leichten Hexenschuss habe er. Nach einem weiteren Hefe ...
 ...kringel?
Klar, mindestens! Also nach einem Hefe und noch einem von diesem leckeren Hausschnaps würde sich das schnell wieder geben. Edgar schrieb in Richtung Kellner erneut einen Kringel in die Luft und fragte dann ganz verwirrt, wo man denn stehen geblieben sei.
 Beim Becks! Nein, bei der Becks, also der Beck! Och, jetzt habe er, Trutz, wohl so langsam auch einen Kringel im Kopf ...
 Ja, wo denn die Becks hin sei – und ob er sie gar nicht habe sehen wollen?
 Nö, wegen seines Kringels im Kopf wäre ihm das dann doch etwas peinlich gewesen. Die Beck habe auch nur kurz in Richtung Eingang geguckt, als ob sie jemanden gesucht hätte links oder rechts davon, und sei dann gleich weitergegangen ohne ihn, wie Trutz zumindest hoffe, gesehen zu haben.
 Edgar war hoch erfreut – und hin und her gerissen. Am liebsten wäre er aufgesprungen und der Beck hinterhergerannt. Weit konnte sie ja noch nicht sein. Aber das konnte er Alt nicht antun – und das konnte er seiner Geschäftsidee nicht antun, diesem fantastischen Geistesblitz!

Beim fantastischen Geistesblitz vom Trutz seien sie stehen geblieben! Nicht bei der Becks!
Beck!
Ja doch, die Beck sei auch fantastisch, aber jetzt wolle er doch lieber hören, welchen fantastischen Geistesblitz Trutz gerade gehabt habe.
Er fände die Becks fantastisch?
Beck!
Ja doch, die Beck also – die fände Edgar fantastisch?
Edgar stülpte genüsslich die Lippen und meinte dann, dass die Lea doch eine tolle Frau sei.
Lea? Man sei schon beim Du? Trutz grinste breit über sein Gesicht.
Edgar lief spontan rot an. Er hatte sich verplappert. Er kratzte sich am Kopf. Was sollte er jetzt nur sagen! Edgars Handy klingelte – in Form anschwellenden Getrommels.
Trutz gab zu bedenken, dass etwas in Edgars Jacke trommle.
Edgar wollte den Anruf ignorieren. Bestimmt war es Lollo mit irgendeinem Scheiß. Da fiel Edgar ein, dass das ja seine Rettung war, eine willkommene Ablenkung von der Becks. Er griff freudig in die Jackentasche – da erlosch das Trommeln. Auf dem Display war Lollos Nummer zu sehen. Mist. Zu spät. Also, Edgar rutschte auf seiner Bank etwas hin und her, man sei ja beim fantastischen Geistesblitz von Trutz stehen geblieben ...
Nö, bei der fantastischen Lea sei man ...
Edgars Handy gab einen kräftigen Gong von sich. Eine SMS war eingegangen. Von Lollo! Edgar las die nur zwei Zeilen lange Nachricht – und ließ einen leisen Freudenschrei von sich. Die Biggi, hatte Lollo geschrieben, habe nun doch wieder Schluss gemacht mit ihm.
Was es denn so Freudiges gäbe? Etwa eine SMS von Lea? Trutz war und blieb ein alter Spötter.

Nein, nein, von einem guten Freund, der sei jetzt wieder in Freiheit.

Ob er denn im Knast gesessen sei? Trutz' Miene war nicht zu entnehmen, ob er diese Frage ernst meinte.

Edgar wand sich etwas. Nein, direkt von Knast könne man nicht sprechen. Die Sache verstehe sich eher als Heimsuchung.

Ehe als Heimsuchung?

Eher! Obwohl ...

Ach das! Ja, Trutz sah ebenso nachdenklich wie vergnügt aus, er habe es auch mal mit einer Ehe versucht. Die sei aber dramatisch in die Hose gegangen. Er zahle noch heute.

Ja, das mit der ehelichen Bindung sei oft ziemlich verwickelt. Der Hafen der Ehe sei oft heftig vermint und nur deswegen ein ruhiger. Nach manch Hochzeit folge schnell der Schiefpunkt, ähm, Tiefpunkt. Vor der Vermählung gerate der Junggesellenabschied nicht selten zum Galgenmahl. Und viele beendeten den Ehestand schon nach kurcer Ceit, Tschuldigung: kuuurzer Zeiit durch schreiendes Wegrennen.

Jetzt werde Edgar ja richtig literarisch! Und er scheine sich ja mächtig auszukennen im Metier.

Der Kellner stellte ein Pils, ein Hefeweizen und zwei Hausschnäpse auf den Tisch. Keiner wusste, wer das bestellt hatte. Aber keiner kam auf die Idee, zu reklamieren. Man nahm die Schnäpse und trank – nicht dass doch noch einer auf dumme Gedanken kam.

Ja, das zei, also: sei halt sein Beruf. Er habe halt von morgens bis abends mit Schbrache, Pardon: Sprache zu tun. Edgar merkte endgültig den Alkohol in seinem Kopf. Und in der Zunge. Er entschuldigte sich und kratzte sich erneut am Kopf.

Ja, wer ins Brauereiwesen überwechseln wolle, der müsse schon wissen, wovon er spricht – selbst wenn das gelegentlich zu Sprachproblemen führe. Aber, so falle Trutz gerade ein, Edgar könne doch einfach mal in direkter Rede reden. Die indirekte klänge ja sehr schön und habe auch etwas mächtig Intellektuelles an sich, aber sie sei doch etwas anstrengend. Direkte Rede ginge doch viel leichter von der – vor allem schweren – Zunge.

Edgar überlegte kurz. Das sollte er womöglich in der Tat so machen! Obwohl Trutz beim einarmigen Reißen in der Halbliterklasse gnadenlos mithielt, war es Edgar doch etwas peinlich, sich beim ersten Treffen mit seinem – hoffentlich – zukünftigen Geschäftspartner gleich so zu besaufen. Also wollte er Trutz Rat besser befolgen:

„Okay, kann ick machen ..."

Er Berlinere? Trutz war ganz baff.

„Ja, dit is' so'ne dumme Anjewohnheit von mir. Wenn ick leicht einen in der Krone hab', dann bin ick schnell wieder in der Schbrache mener Kindheit und Jugend, west'e? Och, Scheiße, ick merke, dass mir die Tschunge so eher noch schwerer is'. Bei indirekter Rede muss ick ma viel mehr anstrengen ..."

Dann sei es vielleicht doch ratsam, wieder im Konjunktiv und indirekt zu formulieren. Trutz hatte es kaum ausgesprochen, als er jemandem über Edgars Kopf hinweg zuwinkte und dann gleich herwinkte. Edgar drehte sich – diesmal sehr bedächtig. Es war Herr König. Der drehte umgehen bei.

Trutz wolle sich für dieses Missverständnis von vorhin entschuldigen. Er, der Herr König, sei gar nicht gemeint gewesen. Und ob er ihm als kleine Wiedergutmachung ein Bier spendieren dürfe, wenn auch diesmal nur ein Pils. Und vielleicht könne er Herrn König sogar zu einer erneuten Trickvorführung animieren. Trutz griff sein sichtlich noch unberührtes Pils und streckte es Herrn König entgegen.

Das sei aber sehr nett vom Herrn ...

... Alt ...
... vom Herrn Alt. Und so ein Pils sei ihm inzwischen auch lieber, da es nicht so viel Gas enthalte, das postwendend rausgerü...
... um nicht zu sagen, fiel Trutz Herrn König ins Wort, via Bäuerchen ...
... Genau! Rausgebäuert werden müsse. Herr König setzte an, trank und trank und trank, stellte das leere Glas auf den Tisch, schlug sich die Faust auf die Brust und – es half einfach nichts – ließ ein mächtiges Bäuerchen vernehmen. Er bedankte sich, meinte, er müsse gleich wieder los, weil er die letzte Fuhre noch vor der Dunkelheit erledigen wolle. Er komme also bestimmt noch ein Mal vorbei. Er freue sich schon sehr.
Man freue sich auch!
Herr König machte kehrt und zog mit seinem Leiterwagen davon.
Edgar war inzwischen ganz verrückt und durcheinander, wenn nicht dekalibriert. Eine Ablenkung nach der anderen: erst die Becks, dann Lollo, dann Herr König, zwischendrin nicht bestellte Biere und Schnäpse, die getrunken werden wollten – und er wusste noch immer nichts von Trutzens genialem Geistesblitz.
Trutz las Edgars inniges Verlangen aber unversehens, wenn nicht sehend von den Augen ab. Er ruckelte sich zurecht und hob an: Nun, die Sache, also die Markteinführung, das Event, sei ihm eben schlagartig wie folgt vors innere Auge getreten. Trutz machte große Augen, als ob er Edgar Einblick gewähren wollte, schlug dann jedoch mit der flachen Hand leicht, doch vernehmlich auf den Tisch und meinte, jetzt müsse er aber erst mal aufs Klo.
Edgar war den Tränen nah. Fast wollte er ein Kummerbekämpfungsbier bestellen. Aber dann wäre ihm womöglich nicht nur, wie jetzt schon tendenziell der Fall, die

Sprechfähigkeit, sondern auch noch das Seh- und Hörvermögen durcheinander, wenn nicht abhandengekommen. Also unterließ er es weise – obwohl Trutz recht lange fernblieb, so lange, dass Edgar ihn, als er wieder um die Ecke bog, fast nach der Güte des absolvierten Stuhlgangs gefragt hätte. Aber auch dies unterließ er weise.

Trutz setzte sich, zog eine bedeutungsvolle Miene auf und legte los. Er spannte Edgar, eher ungewollt, zunächst noch etwas auf die Folter, indem er, durchaus als Prolog angekündigt, von einem Brand in einer Glasfabrik erzählte, die die Flaschen für *Massenbräu* herstelle. Deswegen sei *Massenbräu* im Moment etwas in der Bredouille. Und genau das habe ihn auf die Idee gebracht, „Luxus § Stoff" in Plastikflaschen, schwarzen natürlich, mit Drehverschluss abzufüllen. Nein, Edgar brauche gar nicht so konsterniert – *blöd* wollte Trutz nicht sagen – zu gucken, das würde nämlich für das Markteinführungsevent ungeahnte Möglichkeiten des Produktdisplays eröffnen ...

... des Produkt-Disc-Players?

... des Produktdisplays, also der Flaschendarbietung, der Erzeugnispräsentation, gewissermaßen der Bieroffenbarung ...

Ach!

Genau! Also – und Trutz erzählte Edgar in epischer Breite, detaillierter Tiefe und euphorischem Hochgefühl die Einzelheiten seines Plans, des Events, des Happenings, der Sensation, die die Markteinführung nur werden könne, wenn alles klappe und nach Plan verlaufe. Wenn. Und alles fand seinen Platz, spielte seine Rolle in Trutzens Gerstensaft-Vernissage: die Punker, die Rote Flora, ein Zeppelin – und sogar noch die TV-Teams, die bei jedem Schanzenfest anrückten, um vom obligaten Remmidemmi und den Schlachten zwischen autonomem schwarzen Block und nicht autonomem schwarzen Block, auch Polizei oder Sondereinsatzkommandos genannt, zu berichten. Trutz schloss ab, schlug erneut mit der flachen Hand leicht auf den Tisch und lehnte sich erwartungsvoll zurück.

Edgar war hin und weg von Trutzens Plan. So hin und weg, dass er sofort mehrere Kringel in Richtung Kellner in die Luft schrieb. So euphorisch, dass er Lollo, der, leicht angesäuselt ob seiner neuen Freiheit, unverhofft um die Ecke bog, gleich in den Arm nahm, auf das Bänkchen drückte und zum Biere einlud. So enthusiastisch, dass er Herrn König, als der, inzwischen massiv angeheitert mit einer Bierflasche in der Hand, von einem Punkerfreund in seinem Leiterwagen vorbeigezogen wurde, gleich noch dazu lud. So entzückt, dass er auch die Becks, die kurz darauf mit einer anscheinend guten Freundin und in definitiv feuchtfröhlicher Stimmung plötzlich an Trutzens und Edgars und Lollos Tisch stand (Herr König und sein Kumpan wollten lieber neben dem Tisch im Leiterwagen sitzen bleiben), sofort in den Arm nahm, mit einem schmatzenden Kuss empfing und kategorisch an den Tisch befahl – ohne an Trutz zu denken. Aber dem, er hatte gar keine Anstalten gemacht, sich vor der Beck zu verbergen, war inzwischen so und so alles egal.

Der Kellner wusste später zu berichten, dass die ganze Truppe nach anhaltendem Gelage irgendwann kollektiv sich zu erheben bemühte und raumgreifend und hier und da Arm in Arm die Piazza zu verlassen versuchte. Letztlich, nach leichtem Touchieren manch entgegenkommender Passanten und hinderlicher Hindernisse, soll es dann auch recht verletzungsfrei gelungen sein.

Finale

Nur gute drei Monate gingen ins Land, als sich jenes Event zur Markteinführung der neuen Biermarke „Luxus & Stoff" im Schanzenviertel zu Hamburg ereignete, das sich tief in die Zeit- und Kulturgeschichte nicht nur der Freien und Hansestadt einschreiben sollte.

Besuchern des Schanzenfestes, das in der Susannen- und Bartelsstraße sowie vor allem am Schulterblatt an einem schönen, lauen Spätsommertag so friedlich und freundlich begann und in einem Desaster sondergleichen enden sollte, dessen Deutung bis heute anhält, bot sich zunächst ein größtenteils gewohntes, also, wie gesagt, friedliches und freundliches Bild: die Straßen links und rechts dicht an dicht gesäumt mit Verkaufsständen aller Art, die Kulinarisches, weniger Kulinarisches, aber ernährungsphysiologisch Bedeutsames, kalte und vor allem warme kalte Getränke, ausgemusterte gebrauchte Klamotten, nur zum Weiterverkauf geeignete geschenkte Bücher oder irgendwelchen anderen Flohmarkt-Krimskrams anboten. Zwischen den Reihen und auf den Straßen drängten sich die Menschen wie Ölsardinen in der Dose – und in den Nebenstraßen rings um das gesamte Viertel drängten sich die martialisch in schwarzen Kampfanzügen gekleideten Hundertschaften der Polizei samt gepanzerter Einsatzwagen, vergitterter Laster für Gefangenentransporte und Wasserwerfer. Auf der zentralen Bühne an der Kreuzung Schulterblatt-Susannenstraße spielte zum Festauftakt gegen Mittag eine Reggae-Band und versuchte, gegen die Musiksalven anzuspielen und durchzukommen, die an fast jedem Verkaufsstand aus teils mannshohen Lautsprechern in die Menge gewuchtet und gehämmert wurden. Das idyllische Bild rundete optisch wie vor allem akustisch ein Polizeihubschrauber ab, der in großer Höhe unablässig über dem Viertel kreiste, um die Lage zu peilen und gegebenenfalls den Einsatz der nicht autonomen schwarzen Blöcke gegen den autonomen schwarzen Block zu koordinieren.

Ungewöhnlich für den Blick des versierten Schanzenfestbesuchers waren jedoch zwei schwarze Blöcke ganz anderer Natur. Der eine, er sah aus wie ein in seiner Raumdiagonalen halbierter großer schwarzer Würfel mit einer Kantenlänge von ungefähr sieben Metern, stand auf der Freitreppe direkt vor der Roten Flora. (Zumindest in Klammern muss angemerkt werden, dass die Macher der Roten Flora erst bei hundert Kisten Freibier bereit waren, die Freitreppe für dieses Event zur Verfügung zu stellen.) Er war komplett in schwarze Planen gehüllt. Nur auf der Front zum Schulterblatt hin prangte der Schriftzug „Luxus & Stoff" – das „Luxus &" in Weiß, das „Stoff" in Gold! Direkt gegenüber auf der anderen Straßenseite stand vor jenem Portugiesen, auf dessen Bierbänken Trutz und Edgar konzipierten, was an diesem Tag Wirklichkeit werden sollte, ein zweiter schwarzer Quader, der genau wie der andere aussah, nur, da er ebenerdig stand, ohne Diagonalschnitt. Und es gab noch einen kleinen Unterschied: Auf der Front zur Straße hin prangte das „Luxus" in Gold und das „& Stoff" in Weiß!

Viele Leute blieben vor diesen beiden Quadern stehen, begutachteten sie, fotografierten sie und fragten sich oder diskutierten, was es denn damit auf sich habe. Niemand konnte oder wollte Auskunft geben! Die wenigen Leute von der Roten Flora, die überhaupt zu greifen waren, sprachen von einer Überraschung, die sich bald offenbare – und der Portugiese war noch geschlossen. (Zumindest in Klammern muss angemerkt werden, dass es Trutz einige Überredungskunst – und manch anderes – kostete, die Betreiber von der Übernahme der neuen Biersorte als Standardbier des Hauses zu überzeugen.)

Als die Reggae-Band gerade den letzten Ton ihres Konzertes gespielt hatte, ereignete sich – wie von Geisterhand koordiniert – nun Folgendes: Aus den Lautsprechern der zentralen Bühne und aus dem Innern der beiden schwarzen Quader ertönten hymnische Fanfaren. Selbst manch mannshoher Lautsprecherturm am Stand hier und da kam dagegen nicht mehr an und wurde abgeschaltet. Zeitgleich öffneten sich die schwarzen Planen der beiden Quader an den Seiten und der Front in Windeseile – und offenbarten, grellbunt beleuchtet von Scheinwerfern, die an der frontalen oberen Querstrebe der Konstruktion angebracht waren, eine funkelnagelneue hochglanzpolierte Zapfanlage mächtiger Dimensionen. Hinter der vor der Roten Flora standen Edgar, die Beck, Lollo, Herr König und ungefähr zehn seiner Punkerkumpanen – mächtig herausgeputzt zur Feier des Tages. Selbst ein mit Blumen und Girlanden geschmückter Leiterwagen war im hinteren Bereich zu sehen.

Im Quader gegenüber standen hinter der Zapfanlage Trutz und die gesamte Besatzung des Portugiesen – in edles Ganzkörperschwarz gehüllt, südländisch, voll cool, nicht selten Gel im schwarzen oder grauen Haar und eine rote Rose im Knopfloch.

Das unverhoffte Happening erhielt spontan Szenenapplaus – den das Publikum noch verstärkte, als es der Schilder, die in den Quadern von den Dachstreben hingen, gewahr wurde: Heute zur Markteinführung gab es „Luxus & Stoff" umsonst! Freibier!

Die Fanfare erlosch – und gab einem fernen tiefen Brummen Raum und Gehör. Mehr und mehr Menschen hoben den Blick gehn Himmel und klatschten immer heftiger in die Hände: Von Süden her schob sich ein mächtiges Luftschiff wie ein Raumschiff über das Viertel – schwarz, mit dem Schriftzug „Luxus & Stoff" auf beiden Flanken, mal „Luxus" in Gold, mal „Stoff". Und die

Fenster der Kabine des Zeppelins öffneten sich – und mancher dachte, seinen Augen nicht trauen zu können: An kleinen schwarzen Fallschirmen schwebten, wie sich herausstellen sollte, schwarze Plastikflaschen, gefüllt mit Bier, auf die Menschen hernieder. Auf den Flaschen stand „Luxus" in Gold oder „Stoff" in Weiß. Es wurden immer mehr. Es sah aus, als gebäre der Zeppelin Junge. Hunderte. Niemand schlug sich um die Flaschen, es gab ja genug Freibier an den Quadern. Sie wurden aus der Luft abgegriffen, gepflückt wie niedrig hängende Äpfel vom Baume. Man öffnete die Flaschen, prostete sich zu und imitierte den fehlenden Glasklang mit dem Mundwerk.

Es dauerte wohl eine halbe Stunde, bis die letzte Flasche aus der Luft geerntet war. Und dann passierte etwas, was diesen Tag endgültig in einen denkwürdigen verwandeln sollte, was zur Initialzündung für das folgende Desaster, einer Kettenreaktion gleich, geriet: Aus der größten Luke der Kabine des Luftschiffes stürzte urplötzlich eine komplette Kiste Bier. Ob sie bewusst herausgeworfen wurde oder aufgrund einer windbedingten Schieflage des Zeppelins einfach vom zentralen Tisch der Kabine, auf dem die Flaschen an die Fallschirme gebunden wurden, ins Freie rutschte, konnte nie geklärt werden. Die Kiste flog, ein mächtiges Raunen ging durchs Publikum, und flog – und knallte auf einen Wasserwerfer, der am Ende des Schulterblatts stand. Die Zwillingskanonen des Wasserwerfers richteten sich sofort in Flugabwehrstellung auf das Luftschiff – und schossen mehrere Wassersalven in seine Richtung. Der Zeppelin war zwar klarerweise unerreichbar, weil in viel zu großer Höhe, aber immerhin. Das Einzige, was dieser völlig bekloppte Gegenangriff auf das Malheur mit der niedergehenden Bierkiste erreichte, war heftiger Unmut bei den Menschen, auf die die Wassermassen letztlich niederregneten.

Mindestens einer der Genässten nahm dies zum Anlass, eine, wie spätere Untersuchungen ergaben, leere Plastikbierflasche in Richtung einer Reihe behelmter Polizisten zu werfen. Der Aufprall der Plastikflasche auf dem Plastikhelm eines Ordnungshüters ergab einen charakteristischen Ploppton. Und was passierte? Die Flasche flog zurück! Der Polizist, der wohl davon ausging, dass eine leere Plastikflasche keine Verletzungen verursachen kann, wenn sie jemandem ploppend auf den Kopf fällt, hatte sie einfach zurückgeworfen! Und was passierte dann? Mindestens zwei weitere Plastikflaschen stiegen in die Luft in Richtung Polizisten! Und was passierte nun? Man hörte einen charakteristischen Aufprallplopp der Art „Plastikflasche trifft Plastikhelm" – aber zusätzlich ein viel lauteres Ploppen. Ein Polizist hatte unversehens eine nahende Plastikflasche mit seinem Gummiknüppel zurückzuschlagen versucht. Und getroffen!

Kurz darauf stiegen schon sechs, wenn nicht acht leere Plastikflaschen aus den Reihen des Publikums in Richtung des nicht autonomen schwarzen Blocks ins Firmament. Und der reagierte mit einer denkwürdigen, ja sehenswerten, an Baseball, besser: Squash erinnernden Vorführung seiner Gummiknüppelschlagkünste. Was nicht beim ersten Schlag getroffen wurde, das wurde, nach Art eines Tennisspielers beim Aufschlag, über dem Kopf in die Luft geworfen und dann mit einem Volleyschlag in Richtung des Publikums transportiert. Das wiederum reagierte mit immer heftigeren Salven leerer Plastikflaschen. Volle zu werfen, hätte kein Trinkerherz übers Herz gebracht. Um genügend Munition zu haben, wurde noch schneller getrunken als so und so schon. Das gesamte Publikum mutierte zu Flaschensammlern, die Blindgänger vom Boden griffen.

Es kam, wie es kommen musste. Der Luftraum über dem Schulterblatt verdunkelte sich durch in dichten

Schwärmen umherfliegende schwarze Plastikflaschen. Hin und her, vorwärts und rückwärts. Fast immer volley geschlagen. Man lernte schnell. Und es erhob sich ein lautes, teilweise ohrenbetäubendes Ploppkonzert. Plastikflasche auf Plastikhelm oder Gummiknüppel und hier und da auch Glatzkopf oder Straßenpflaster. Immer mit einem kräftigen Plopp. Wer nicht direkt mitmachte, stand am Rand und beobachtete erfreut die wilde Schlacht, gab Kommentare oder Noten, feuerte an oder senkte den Daumen.

Spätere Recherchen ergaben, dass ob des ohrenbetäubenden Lärms Befehle von Vorgesetzten an die untergebenen Polizisten nicht durchdrangen, das Squashturnier zu beenden – und dass wohl auch der eine oder andere Polizist in der Deckung des Trubels dem Freibierangebot nicht widerstehen konnte. Und auch manch Medienvertreter nicht. Mehrere TV-Teams waren vor Ort. Ein Filmteam filmte ein anderes Filmteam von der Konkurrenz dabei, wie dieses sich gegenseitig zuprostete, und vor allem einen Reporter, der in einer Live-Reportage versuchte, die Geschehnisse, die sich ringsum abspielten, trockenen Auges in die laufende Kamera und das umklammerte Mikrofon zu berichten und die trockenen Fragen des verwunderten Studioredakteurs am anderen Ende der Leitung zu beantworten. Und er scheiterte kläglich. Seine Versuche, heftige Kicheranfälle zu unterdrücken, führten nur zu immer heftigeren Lachsalven – bis das rote Licht an der Kamera, die ihn filmte, erlosch. Wie seine Karriere danach wahrscheinlich auch.

Auf der Bühne hatte inzwischen eine Punkband ihr Konzert begonnen – oder tat zumindest so. Der Drummer spielte mit zwei Plastikflaschen statt mit Trommelstöcken, der Gitarrist nutzte eine Flasche, natürlich eine, auf der „Stoff" golden stand und nicht „Luxus", als Bottleneck, um seinem Instrument schreiende, heulende Sounds zu entlocken, der Bassmann zupfte die Leerseiten seines Instruments nur mit der rechten Hand. Die linke brauchte er zum Trinken. Er gehörte zu den wenigen Glücklichen, die noch ein paar Flaschen „Luxus & Stoff" beiseitegestellt hatten. Und zwar volle.

Edgar, Trutz, die Beck, Lollo und Herr König saßen indessen auf dem Tresen des Quaders vor der Roten Flora. Alle Bierfässer waren leer, mancher der Sitzenden voll. Herr König hatte irgendwo einen Regenschirm organisiert und wehrte damit, so gut es ging, anfliegende Plastikflaschen ab. Die anderen nahmen dazu einfach eine andere Plastikflasche als Schläger oder die flache Hand. Wenn eine frei war. Edgar hatte links die Becks im Arm und rechts Trutz. Links und rechts von den Dreien saßen Lollo und Herr König – der noch ganz erschöpft war, nachdem er eine gute halbe Stunde der Schlacht hochaktiv beigewohnt hatte. Man sagte kein Wort. Es hätte so und so keiner verstanden. Weder Edgar noch Trutz noch sonst wer wusste, wie das, was sich hier gerade abspielte, zu deuten war. War es eines der genialsten Markteinführungsevents aller Zeiten? Oder der größte Flopp der jüngeren Wirtschaftsgeschichte? Wenn nicht der globalen, dann zumindest jener Nord-Ost-Altonas?

Als Trutz urplötzlich die Hände vors Gesicht schlug und in ein charakteristisches rhythmisches Körperzucken verfiel, hatte das seine Ursache übrigens nicht darin, dass Edgar ihm eine neue Geschäftsidee erzählt hätte. Auf der Bühne war eine Keilerei ausgebrochen. Es ging allem Anschein nach um die letzte Flasche „Luxus & Stoff".

Von Egbert Scheunemann sind im BOD-Verlag auch folgende Bücher erschienen:

Griechenland als Exempel – oder als der Fluch des Neoliberalismus über die Menschen kam, Hamburg-Norderstedt 2014, ISBN 9783735759832

Rebellen auf Kreta. Eine ungewöhnliche Reise durch Kretas Geschichte, Sprache und Landschaften. Ein Buch über Freundschaft, wildes Denken und wundersame Erlebnisse, Hamburg-Norderstedt, 3., überarbeitete und erweiterte Auflage 2014 (1. Auflage 2007), ISBN 978-3-8370-0553-0

Die Entdeckung der Hölle, Roman, Hamburg-Norderstedt, 2. Auflage 2009 (1. Auflage 2008), ISBN 978-3-8370-4295-5

Irrte Einstein? Skeptische Gedanken zur Relativitätstheorie – (fast immer) allgemeinverständlich formuliert, Hamburg-Norderstedt 2008, ISBN 978-3-8370-4249-8

Vom Denken der Natur. Natur und Gesellschaft bei Habermas. Vollständig überarbeitete und stark erweiterte Neuausgabe 2008, Hamburg-Norderstedt 2008, ISBN 978-3-8370-2722-8

Chronik des (nicht nur) neoliberalen Irrsinns und seiner ökonomisch, politisch, sozial und ökologisch verheerenden Folgen 2008-2003, Hamburg-Norderstedt 2008, ISBN 978-3-8370-2737-2